D0648961

QUATRE SOLDATS

1919, quatre soldats de l'Armée rouge en perdition se réfugient au cœur d'une forêt pour y passer l'hiver. Au printemps, les batailles contre les armées polonaise et roumaine vont reprendre. Il s'agit pour ces hommes d'oublier la mort qui les attend. Les nuits sont glaciales, et les quatre soldats s'agglutinent autour d'un poêle de fortune. Il y a là Bénia, narrateur et témoin de leur aventure ; Pavel, le débrouillard, qui a toujours réponse à tout ; Kyabine, un véritable colosse ouzbek, homme frustre et simple ; et Sifra, taciturne et calme, mais excellent tireur.

Lorsqu'ils devront quitter leur cabane pour rejoindre un camp de tentes, un cinquième soldat viendra s'ajouter au groupe, le petit dernier, Evdokim, un gosse à peine majeur et qui a une qualité que lui seul possède, il sait écrire.

Échange de cigarettes, parties de dés, corvées, partage du thé, baignades dans l'étang aux premiers jours du printemps font l'ordinaire de ces hommes. Et peu à peu, des liens d'amitié se tissent entre eux. Tous racontent leur histoire, et tous souhaitent qu'Evdokim devienne leur mémoire, qu'il inscrive sur le papier leur aventure commune : « Écris tout, n'oublie rien surtout. »

Hubert Mingarelli occupe une place à part parmi les jeunes romanciers français, notamment depuis le succès de son roman Une rivière verte et silencieuse. *Il a reçu le prix Médicis en 2003 pour son roman* Quatre Soldats. *Il vit aujourd'hui dans un hameau de montagne en Isère.*

DU MÊME AUTEUR

Le Secret du funambule
Milan, 1989

Le Bruit du vent
Gallimard Jeunesse, 1991
et « Folio Junior », n°1284

La Lumière volée
Gallimard Jeunesse, 1993
et « Folio Junior », n°1234

Le Jour de la cavalerie
Seuil Jeunesse, 1995
et « Points », n° P 1053

L'Arbre
Seuil Jeunesse, 1996

Vie de sable
Seuil Jeunesse, 1998

Une rivière verte et silencieuse
Seuil, 1999
et « Points », n° P 840

La Dernière Neige
Seuil, 2000
et « Points », n° P 942

La Beauté des loutres
Seuil, 2002

Hommes sans mère
Seuil, 2004

Hubert Mingarelli

QUATRE SOLDATS

ROMAN

Éditions du Seuil

TEXTE INTÉGRAL

ISBN 2-02-063119-9
(ISBN 2-02-053804-0, 1re publication)

© Éditions du Seuil, janvier 2003

Le Code de la propriété intellectuelle interdit les copies ou reproductions destinées à une utilisation collective. Toute représentation ou reproduction intégrale ou partielle faite par quelque procédé que ce soit, sans le consentement de l'auteur ou de ses ayants cause, est illicite et constitue une contrefaçon sanctionnée par les articles L.335-2 et suivants du Code de la propriété intellectuelle.

www.seuil.com

1

Je suis de Dorovitsa dans la province de Viatka. Quand mes parents sont morts j'ai quitté Dorovitsa pour Kaliazine au bord du fleuve, et j'ai travaillé pour Ovanès. J'attelais les troncs à un cheval pour les transporter de la berge à la scierie. Je les arrimais à un treuil et les déposais sur la scie à ruban qu'Ovanès conduisait. Le soir je donnais l'avoine au cheval et lui étendais de la paille.

Ovanès me louait une chambre au seize de la rue Svevo. Ma fenêtre donnait sur le fleuve. J'avais un lit et un tapis. Je m'étais construit un meuble où je rangeais mes affaires.

J'étais seul dans le monde et le soir je mangeais en regardant le fleuve. Il y avait des bateaux à fond plat qui remontaient le courant. Dans le soleil couchant les coques brillaient. Sur le pont les ombres étaient comme des fantômes.

Quand je suis parti de Kaliazine, Ovanès m'a racheté le lit, le tapis et le meuble que j'avais construit. J'ai rejoint l'Armée rouge par le train et je me suis battu sur le front roumain. Nous avons beaucoup marché. Nous avons mangé de la kacha froide, du poisson séché, et nous avons dormi dans des fossés.

J'étais dans l'armée de Doudorov, et en été nous avons fui devant les Roumains. Il faisait très chaud. Les cavaliers soulevaient de la poussière rouge. Les chauffeurs des ambulances et des cantines nous gueulaient de marcher sur les talus. Les officiers s'arrêtaient pour regarder en arrière, la main en visière contre le soleil, et on aurait dit qu'ils avaient oublié quelque chose.

Alors j'ai rencontré Pavel. Il faisait chauffer de l'eau derrière un mur, à l'abri de la route. Il avait percé une boîte en fer avec son couteau et la tenait au-dessus des flammes. Les nôtres continuaient de passer sur la route en soulevant de la poussière.

Quand il a sorti le thé de sa poche, ma soif et la vue du thé m'ont donné du courage. Je l'ai appelé :

– Hé, camarade !

Il m'a fait signe d'approcher. Je suis allé m'asseoir en face de lui et nous avons bu le thé en silence. Nous étions du même régiment. Quand on n'a plus entendu de bruit sur la route, je lui ai dit :

– Les Roumains vont arriver.

Nous sommes partis. Nous avons rejoint les plus fatigués de la colonne. Un officier leur tournait autour pour les faire avancer plus vite. Il avait glissé un mouchoir sous sa casquette pour se protéger la nuque du soleil. Il était rouge de poussière et tenait son revolver contre son ventre. Il disait sans arrêt :

– Je vous comprends mais m'obligez pas, par sainte Sophie, m'obligez pas. Avancez, gardez l'allure !

Et en même temps il décollait le revolver de son ventre et le balançait au bout de sa main comme s'il était brûlant. C'était un jeune sous-lieutenant et il semblait près de pleurer. Un soldat qui tirait une mule par la bride a fini par lui dire :

– Mais qu'est-ce qu'on fait ? On marche, on marche. Range ton revolver, personne t'oblige à rien.

L'officier a hurlé :

– Qu'est-ce que tu as dit ?

L'autre a baissé la tête. L'officier s'est approché en brandissant son revolver. Il a collé le canon sur le cou de la mule et il a tiré. Elle est tombée en avant. Le soldat avait enroulé la bride à son poignet, si bien qu'il est tombé sur la route, entraîné par la mule et son chargement.

L'officier se dressait au-dessus d'eux, le canon du revolver pointé vers le ciel. Il hurlait avec rage :

– Hein, personne t'oblige à rien ! Ça te va maintenant ?

Le soldat était couché sur le dos, couvert du sang de la mule. Son regard était noir et il a dit froidement :

– Salaud.

Il a essayé d'attraper son fusil, mais il était coincé sous son dos. Il a poussé la mule pour se dégager, et il a saisi son couteau. Alors, comme un seul homme, Pavel et moi avons couru vers le fossé, l'avons dévalé, remonté, et nous avons couru dans le champ pour nous éloigner de la route.

L'herbe était coupée et c'était vallonné.

Quand on parvenait sur les hauts du champ, on apercevait la colonne jusqu'à l'horizon. C'est ce que nous voulions, ne pas perdre de vue les nôtres, continuer à marcher vers l'est avec eux pour fuir les Roumains, mais échapper aux ennuis sur la route.

On s'est arrêtés pour souffler.

La chaleur tombait et j'ai sorti mon tabac.

On a entendu un oiseau derrière une haie.

On a craché ce qu'il nous restait de poussière dans la gorge. Au loin ils allumaient les phares des ambulances et des camions.

Nous avons regardé tout autour de nous.

Puis nous sommes repartis en fumant dans la lumière du soir et j'ai pensé : voilà, nous rentrons de la chasse. Pavel marchait tranquillement. Il flairait la bonne direction dans l'obscurité. Parfois il humait l'air. À un moment il m'a dit :

— Demain on descend les rejoindre sur la route. Ni vu ni connu.

J'ai dit :

— Tu as raison oui, ni vu ni connu.

La nuit était claire à l'exception d'une bande noire sur l'horizon et on a étendu nos couvertures sous des mûriers.

À l'aube nous avons rejoint le régiment, et tandis que nous approchions de la route Pavel m'a dit :

— Restons ensemble.

— Oui.

Nous avons continué à fuir les Roumains et en septembre nous sommes partis en Galicie dans des camions.

Un soir en Galicie Pavel a sorti une table et des chaises d'une maison, et nous avons joué aux dés au milieu de la rue. Depuis le début un grand Ouzbek de notre compagnie nous regardait jouer de loin. Il avait les épaules larges. Il était bâti comme un forestier, parfois il avait un regard débile.

Pavel lui a dit d'approcher. Il lui a demandé s'il avait du tabac. L'Ouzbek en avait et il voulait bien le jouer aux dés. Il est allé chercher une autre chaise dans la maison et nous avons joué une douzaine de parties. Pavel lui a gagné tout son tabac et l'Ouzbek est resté assis à la table, l'air malheureux et abattu. Pavel l'observait en souriant, et finalement il lui a rendu la moitié de son tabac. L'autre était plein de reconnaissance, et si heureux maintenant qu'on aurait dit que c'était lui qui venait de remporter toutes les parties.

Quand nous sommes rentrés dans la maison pour dormir, l'Ouzbek est allé chercher ses affaires et son fusil. Il est venu s'installer avec nous et nous l'avons laissé faire. Le lendemain il a allumé un feu et nous a préparé une soupe avec ses rations. Tandis que Pavel et moi la mangions, encore enroulés dans nos couvertures et que la lumière entrait par la fenêtre, le grand Ouzbek a posé sur nous son regard débile, et on comprenait qu'il désirait de toutes ses forces rester avec nous. Quand Pavel lui a demandé son nom, il a rougi, son regard a semblé soudain moins débile, et il a tonné :

– Kyabine !

Ce jour-là les Polonais nous ont repris le village. Ils nous ont tendu des embuscades près de Jaroslaw et les choses ont recommencé à mal tourner pour nous.

Au mois d'octobre il a neigé et nous avons attendu les ordres dans une usine. Quand ils sont arrivés, notre commandant nous a réunis et nous a dit que nous devions quitter le front, nous replier dans la forêt, construire des cabanes et attendre le printemps. Alors Pavel, Kyabine et moi avons rôdé dans tous les coins de l'usine à la recherche de quelque chose d'utile à emmener dans la forêt, et nous avons trouvé un rouleau de toile.

Le lendemain nous sommes partis. Kyabine portait le lourd rouleau de toile sur son épaule. Sur la route nous avons encore vu les Polonais. Plus d'une fois nous avons dû nous mettre à courir pour éviter les balles, et Kyabine n'a jamais lâché le rouleau.

Nous sommes entrés dans la forêt au début du mois de novembre et nous y sommes enfoncés. Le froid et un vent furieux nous glaçaient. Nous étions enveloppés dans nos couvertures. Seuls nos yeux dépassaient. Toute la compagnie avançait dans un grand silence. Nos mules et nos chevaux exhalaient des nuages de vapeur.

Pavel marchait en retrait et ne disait rien parce qu'il dressait dans sa tête les plans de notre cabane.

Il a recommencé à neiger. Kyabine avançait pesamment à côté de moi. Il respirait la bouche ouverte. Parfois il s'ébrouait pour faire tomber la neige de ses épaules.

Pavel est revenu marcher avec nous et nous a dit qu'il avait maintenant la cabane en tête. Et que le mieux, il pensait, ce serait de se la construire à quatre. Nous lui avons dit qu'il avait raison. Nous avons discuté pour savoir à qui nous allions le proposer. Nous avons donné notre avis sur tout un tas de gars de la compagnie. Finalement nous sommes allés le demander à Sifra Nédatchine. Il était très jeune et très bon tireur, et possédait des bottes de cavalerie. Nous ne l'avions jamais entendu faire d'histoires à personne à propos de quoi que ce soit.

Il marchait seul derrière une mule, et il a eu peur quand on s'est approchés de lui. C'est Pavel qui lui a demandé s'il voulait construire et habiter la cabane avec nous. Il nous a répondu timidement que oui. J'ai offert des cigarettes à tout le monde.

Nous avons marché trois jours sous la neige, dans le froid et le vent furieux. Puis nous avons abattu des arbres pour former une clairière.

Nous avons commencé à construire les cabanes. Une trentaine ont poussé dans la neige, formant un cercle autour de la clairière.

Nous avons bâti la nôtre selon les plans de Pavel. Kyabine a montré sa force. Il a abattu plus de travail que Pavel, Sifra et moi réunis. Tandis que nous autres reprenions notre souffle, Kyabine toujours et bravement continuait.

Quand nous avons fini de construire notre cabane, nous l'avons contemplée fièrement dans la lumière du feu qui brûlait au centre de la clairière. Nous en avons fait le tour en nous félicitant, puis nous sommes entrés tous les quatre dedans et j'ai pensé : voilà, j'ai fini d'être seul dans le monde, et j'avais raison.

2

À présent nous étions sortis de la forêt. L'hiver avait passé et c'est difficile de s'imaginer combien il avait été long et froid. Nous avions mangé nos mules et nos chevaux, et un grand nombre d'entre nous étaient morts dans la forêt. Parfois dans leur cabane qui s'était enflammée. Ou bien ils s'étaient perdus en allant chasser. D'autres qui chassaient les avaient retrouvés. Bien sûr certains parmi ceux qu'on n'avait pas retrouvés avaient déserté. Mais je crois que le plus souvent ils s'étaient perdus et ils étaient morts de froid.

Pavel, Kyabine, Sifra et moi étions encore en vie et en forme grâce à Pavel. Il était le plus astucieux d'entre nous. Les plans de sa cabane étaient justes, et il avait su construire un vrai poêle à l'aide d'un fût d'huile de moteur. Un vrai bon poêle qui ne nous enfumait pas. Mais surtout il avait trouvé comment faire passer le tuyau dans le toit sans y mettre le feu. Car c'est par là que la plupart des autres cabanes avaient brûlé. Pavel avait mis à cet endroit des tuiles en fer-blanc qu'il avait découpées dans nos gamelles, puis qu'il avait martelées et clouées sur la charpente. En sorte que nous avions dû sacrifier la moitié de nos gamelles, et en voler quelques-unes à la compagnie pour fabriquer ces tuiles. Mais nous étions en vie. Et pas une seule fois on ne s'était réveillés la nuit terrifiés et en sueur, rêvant que notre cabane s'en allait en fumée.

La toile de bâche que Kyabine avait portée de Galicie jusque dans la forêt, nous en avions tapissé les murs pour nous isoler des courants d'air.

Il n'y avait pas de tourbe dans la forêt. Il nous avait fallu chaque jour remuer de grandes quantités de neige pour trouver des arbres morts. Ceux qui avaient choisi de couper des arbres sur pied, du bois vert, eux ils avaient eu bien moins chaud que nous.

Tout l'hiver nous avions remué la neige, ramené du bois pour notre poêle, et joué aux dés tous les soirs parce que nous possédions une lampe et de l'huile. Grâce à elle nous avions beaucoup moins souffert de l'ennui que bien d'autres de la compagnie.

Quand le printemps était arrivé, nous avions mis le feu à toutes les cabanes. Pavel, Kyabine, Sifra et moi avions regardé brûler la nôtre avec tristesse. Pas parce que nous partions, mais parce que cette cabane-là nous avait tenus au chaud et en vie pendant tous ces mois.

Tandis que nous nous éloignions du feu j'avais songé : mes parents, regardez-moi et ne craignez plus pour moi car j'ai survécu à l'hiver et j'ai des camarades à présent.

Et nous avions quitté la forêt.

3

Nous étions dans la plaine, assis sur une pile de traverses de chemin de fer. La voie était juste devant nous. Un train blindé venait de passer. Certains des soldats, debout sur la plate-forme, nous avaient fait des signes et leurs chemises flottaient sous leurs bras.

Le camp n'était pas loin. Nous l'avions installé à la lisière d'un bois de sapins. Le commandant de notre compagnie nous laissait tranquilles. C'était un homme timide. On ne savait pas ce qu'il faisait avant la guerre. Je suis sûr qu'il a toujours souhaité que ceux qui s'étaient perdus dans la forêt, et qu'on avait cru morts de froid, aient en réalité déserté.

Nous étions sur cette pile de traverses et ne faisions rien. Nous étions simplement contents que l'hiver soit passé, d'avoir trouvé cet endroit pour nous asseoir, et nous fumions paisiblement des cigarettes. Il y avait parfois un vol d'oiseaux qui traversait le ciel. Nous levions la tête et les regardions s'éloigner vers le nord. Bientôt ils voleraient au-dessus de la forêt où nous avions passé l'hiver. Sans doute que chacun de nous le devinait, mais nous ne nous le disions pas.

Comme d'habitude, Kyabine nous demandait du tabac, parce que le sien, il le perdait presque tout le temps aux dés, et ça depuis nos premières parties en Galicie. C'était Sifra qui lui en offrait le plus. Pavel et moi lui en offrions aussi, mais moins souvent, et nous aimions attendre qu'il nous supplie. Kyabine était comme un enfant quand il nous demandait du tabac. Pour bien d'autres choses encore il était comme un enfant, mais pour le tabac c'en était vraiment un.

Kyabine a dit :

— Pavel !

Pavel lui a demandé :

— Qu'est-ce que tu veux ?

Kyabine a dit :

— Me rouler une cigarette.

Pavel a continué de regarder devant lui.

Kyabine a insisté :

– Pavel, oh, Pavel !

– Quoi, Kyabine ?

– T'as pas entendu ? Donne-moi du tabac, s'il te plaît.

Je l'ai dit, Pavel et moi aimions beaucoup quand Kyabine se mettait à nous supplier.

4

Descendus des traverses, nous avons pris nos fusils et sommes partis à travers champs. Kyabine marchait devant moi. Il avait obtenu un peu de tabac de Pavel, et même de dos ça se voyait qu'il était très content de pouvoir fumer.

Nous allions à l'étang.

Bientôt nous avons entendu Yassov qui venait vers nous en nous appelant. Comme nous, il avait du mal à avancer parce que les herbes étaient hautes. Il nous a rejoints et a marché à notre hauteur. Nous ne lui prêtions pas attention, parce que nous savions déjà ce qu'il voulait. Il a sorti de sa poche une main sculptée dans du bois et nous l'a montrée. Nous avons ri immédiatement parce qu'elle était très grosse. Yassov nous a demandé :

– Pourquoi vous riez ?

Pavel a dit :

– C'est pas ta grosse main à toi qu'on veut, Yassov, c'est celle d'une fiancée.

– Je peux la réduire un peu, si tu veux.

Pavel lui a dit :

– Fous le camp avec ta main, Yassov !

Et Kyabine :

– Oui, fous le camp !

Yassov a continué d'avancer à notre hauteur. Il n'abandonnait pas. Il a regardé la main sculptée avec un air sérieux, il l'a retournée et a proposé :

– Écoutez, je crois que je peux pas mal la réduire encore. Vous avez raison.

Kyabine s'est mis à lui grogner à la figure des sons bizarres, comme une sorte de machine à vapeur. Pavel, Sifra et moi l'avons imité, et on se serait cru tout d'un coup dans une usine de machines à vapeur.

Alors Yassov a renoncé à nous vendre la main contre du tabac. Il s'est arrêté, et nous l'avons entendu dans notre dos qui a lancé :

– Tas de cons !

Sa voix a résonné dans l'air au-dessus du champ,

et nous, nous avons continué d'avancer dans l'herbe. Et encore une fois nous l'avons entendu, mais faiblement :

– Tas de cons !

Yassov avait commencé à sculpter ces mains de femme quand on était dans la forêt. Il en avait vendu plusieurs contre des rations de nourriture. Ceux qui n'avaient pas de fiancée s'étaient peut-être imaginé ainsi qu'ils en avaient une. Et ceux qui en avaient une, ça les avait peut-être aidés à se la rappeler.

À présent que nous manquions moins de nourriture, c'est du tabac qu'il demandait.

C'étaient de jolies mains au début qu'il sculptait. Mais si fines qu'en dormant avec, la plupart les avaient cassées et ils étaient allés engueuler Yassov. Voilà pourquoi Yassov les sculptait maintenant plus solides. Ce qui les faisait ressembler à des mains d'homme. Même Kyabine n'en avait pas d'aussi grosses. C'est sûr que personne aurait voulu d'une fiancée dotée d'une telle main.

Nous avons continué à marcher et nous avons senti l'odeur de l'étang avant de le voir.

C'était une grande chance d'avoir découvert cet étang. Nous y avions déjà passé beaucoup de temps depuis que nous étions sortis de la forêt. Pour le moment nous y étions les seuls. Et nous craignions tout le temps que d'autres gars de la compagnie le découvrent. Sans doute qu'il faudrait se battre si cela arrivait, parce que nous n'envisagions pas de le partager.

Kyabine et Pavel sont entrés dans l'eau jusqu'aux genoux. Sifra et moi sommes restés sur la berge. Nous n'aimions pas nous baigner. Sifra s'est allongé sur le dos et il a regardé le ciel. J'ai regardé Pavel et Kyabine qui s'enfonçaient jusqu'à la taille. Autour d'eux l'eau était devenue boueuse. Kyabine tentait de faire revenir l'eau claire en faisant des remous avec ses mains. Pavel s'était écarté de lui. Il s'est accroupi et je n'ai plus vu que sa tête qui dépassait de l'eau.

Pavel et Kyabine se baignaient, Sifra s'endormait à côté de moi. Alors cet endroit était précieux. Car nous ne savions pas où nous serions demain. Nous étions sortis de la forêt, l'hiver était terminé, mais nous ne savions pas combien de temps nous resterions là, et où nous devions aller ensuite. La guerre n'était pas finie, mais comme d'habitude nous ne savions rien des opérations. Il valait mieux ne pas y penser. Nous avions déjà de la chance d'avoir découvert cet étang.

Quand Pavel et Kyabine sont revenus sur la berge ils étaient couverts de vase. Ils se sont assis et ont attendu de sécher au soleil pour se rhabiller.

Nous avions envie de tirer sur l'eau avec nos fusils, mais comme nous voulions rester les maîtres ici, il valait mieux éviter de faire du bruit et d'attirer le reste de la compagnie.

Pavel et Kyabine se sont levés et se sont frotté le corps. La vase avait séché et tombait autour d'eux comme de la poussière.

5

Nous sommes rentrés par le même chemin. Quand nous sommes arrivés à la pile de traverses, Pavel et moi en avons soulevé une et l'avons posée sur nos épaules. Kyabine et Sifra en ont pris une aussi, et nous sommes rentrés au camp.

Kyabine et Sifra marchaient devant. Soudain, Pavel et moi on s'est mis à courir et on les a dépassés. On a entendu Kyabine gueuler :

– Sifra, Sifra !

La traverse nous coupait les épaules, mais on a continué à courir. Bientôt on a entendu le souffle de Kyabine et Sifra dans notre dos. Ils se rapprochaient. Comme ils étaient près de nous dépasser, Pavel et

moi on s'est mis chacun sur un bord du chemin,
afin que notre traverse les empêche de passer. Mais
ils ont trouvé une parade. Ils sont sortis du chemin,
et à présent couraient dans l'herbe du champ à
notre hauteur. Nous nous dévisagions, les yeux
exorbités par l'effort. Les traverses pesaient de plus
en plus sur nos épaules. Pendant un instant nous
nous sommes valus, nous avons couru à la même
vitesse. Puis Kyabine et Sifra ont pris un peu
d'avance avec leur traverse. Mais Kyabine a mis le
pied dans un trou. Il s'est effondré et on a eu encore
le temps de voir leur traverse voler par-dessus
Kyabine. On a ralenti parce qu'on était sûrs d'avoir
gagné à présent. On a soulevé la traverse pour
soulager nos épaules.

Mais, brusquement, Kyabine a surgi sur notre
droite. Il portait seul la traverse, à bout de bras, et
toujours dans le champ. Il avait la bouche grande
ouverte et regardait droit devant lui. Il était sérieux
et tendu. Il n'avait pas renoncé. Pavel et moi on
s'est remis à courir, mais pas trop vite, afin de rester
à la hauteur de Kyabine, et de le narguer. Son
visage était douloureux. Il avait beau être le plus
grand et le plus solide d'entre nous, courir seul avec

une traverse dans les bras, il n'avait aucune chance. Il a ralenti, et finalement a jeté la traverse dans l'herbe et s'est arrêté.

On avait gagné.

6

Le camp était installé à l'orée d'un bois de sapins, je l'ai dit. Nous avions fabriqué des tentes à la fin de l'hiver dans nos cabanes. La nôtre, on l'avait cousue dans la toile de bâche que nous avions volée dans l'usine en Galicie. Elle était spacieuse, et nous pouvions, au centre, y tenir debout. Pavel avait fabriqué un piquet central en prenant soin de garder le départ des branches secondaires. C'était astucieux, ça aussi. Car nous pouvions y suspendre nos fusils. Ils étaient toujours au sec, nous les avions à portée de main et ils ne nous gênaient pas pour dormir.

Nous avons installé les traverses devant la tente. Pavel s'en est allé dans le camp avec Kyabine. Ils sont revenus avec une caisse en bois que nous avons posée à l'envers entre les traverses pour jouer aux dés.

Kyabine avait obtenu un peu de tabac de Sifra.

Il est parvenu à se rouler une demi-douzaine de fines cigarettes. Il s'en est allumé une, et les autres, au lieu de les garder, il les a posées sur la caisse en bois. Il voulait les jouer aux dés avec Pavel. Il lui a dit :

— Je vais te plumer.

Pavel lui a répondu :

— Joue !

Kyabine a lancé les dés et il a répété :

— Je vais te plumer, Pavel.

Pavel a ramassé les dés et a dit en regardant la cigarette que Kyabine tenait entre ses lèvres :

— Tu as raison de fumer celle-ci.

Kyabine a fait :

— Quoi ?

Pavel ne lui a pas répondu, il a lancé les dés sur la caisse.

Kyabine :

— Hein, pourquoi, Pavel ?

Alors soudain il a compris. Il a dit en branlant la tête :

– Non, Pavel, c'est moi qui vais te plumer.

Pavel lui a dit :

– Joue, Kyabine !

7

Le soir tombait et il n'y avait plus de cigarettes posées en face de Kyabine. Elles étaient toutes passées du côté de Pavel, qui avait sorti sa boîte et commencé à les ranger dedans. Kyabine ne regardait personne, surtout pas Sifra, qui lui avait avancé le tabac qu'il venait de perdre. Kyabine fixait le dessus de la caisse en bois et semblait en proie à beaucoup d'étonnement.

Pavel a rangé sa boîte dans sa poche et a dit à Kyabine :

– C'est simplement que tu méritais pas de gagner.

Kyabine a regardé Pavel.

– Quoi ?

Et Pavel a répété :

—Tu méritais pas de gagner.

Kyabine était déconcerté. Il ne comprenait pas où voulait en venir Pavel. Sifra et moi non plus. Mais c'est certain qu'il allait se foutre de lui, simplement nous ne savions pas encore de quelle manière. Pavel lui a demandé avec un grand sérieux :

—Est-ce que tu as fait une seule bonne chose aujourd'hui pour mériter de gagner ?

Kyabine a répondu :

—Je sais pas, Pavel, je sais pas.

Pavel est resté sérieux tandis que Kyabine réfléchissait. Soudain il a demandé :

—Et toi, Pavel, est-ce que tu as fait quelque chose de bien, aujourd'hui ?

Pavel lui a répondu :

—C'est difficile de parler des bonnes choses qu'on a faites.

Kyabine a dit :

—Dis-m'en au moins une.

Mais Pavel est resté silencieux. Kyabine le suppliait du regard à présent. Sifra et moi aussi on était curieux de connaître une des bonnes actions de Pavel. Heureusement on parvenait à rester sérieux. Soudain, Pavel a dit :

– Ce matin j'ai pissé sur un tas de fourmis qui essayaient de bouffer une chenille.

Kyabine nous a regardés, Sifra et moi, puis il a regardé Pavel, et il lui a dit :

– Hein ? quoi ?

– Je te demande, Kyabine, si la chenille pouvait se défendre ?

Maintenant, Kyabine nous interrogeait du regard, Sifra et moi.

Pavel a expliqué :

– Une bonne grosse chenille qui se tortillait pour échapper à ces saloperies. Alors je me suis dit : Pavel, c'est le moment de faire une bonne action.

Kyabine a tapé du plat de la main sur la caisse en bois et il a dit :

– Je crois que tu te fous de nous, là.

Pavel n'a pas répondu. Kyabine a dit :

– Si, tu te fous de nous. Faut pas me la faire.

Comme Pavel ne lui répondait toujours pas, Kyabine lui a demandé :

– Donne-nous une seule preuve !

Pavel a ressorti la boîte de sa poche et l'a ouverte. Elle était pleine de cigarettes, et en partie de celles qu'il venait de gagner à Kyabine. Il lui a demandé :

– C'est pas une preuve, ça ?

Kyabine a répondu :

– Non, c'est pas une preuve.

Pavel a sorti une cigarette de la boîte, a remis la boîte dans sa poche, s'est allumé la cigarette, et il a dit :

– Je t'ai dit une de mes bonnes actions, Kyabine, et maintenant va te faire foutre !

Kyabine a réfléchi et réfléchi.

8

Un peu après, et comme c'était son tour, Kyabine est allé chercher le repas.

Il est revenu et nous avons mangé devant la tente en silence. La lampe à huile était posée sur la caisse et nous éclairait. Nous étions bien installés, c'était une riche idée d'avoir ramené ces traverses. Quoi que nous fassions, jouer aux dés ou manger, elles étaient à leur place devant la tente. C'est sûr que si elles avaient été moins lourdes, nous les aurions emportées partout avec nous.

Kyabine s'est arrêté de manger.

– Sifra !

– Oui, Kyabine.

– Tu y crois, toi, à la chenille de Pavel ?

Sifra était ennuyé. Il a attendu avant de répondre. Il aimait bien Kyabine, beaucoup même. Pavel et moi aussi l'aimions bien, Kyabine, seulement ça ne nous empêchait pas d'aimer aussi nous foutre de lui. Sifra avait davantage de prévenances avec lui.

Il lui a dit gentiment :

— Je sais pas, Kyabine.

Kyabine n'osait pas me demander mon avis. Il savait que de toute façon je donnerais raison à Pavel. Il a recommencé à manger et soudain il a dit :

— Je crois que tu racontes beaucoup de conneries, Pavel.

Pavel n'a pas répondu. Kyabine a dit encore :

— Oui, oui, beaucoup de conneries, Pavel !

Pavel s'est arrêté de manger. Il a sorti sa boîte de cigarettes, l'a ouverte et en a pris une qu'il a tendue à Kyabine. Kyabine l'a prise et l'a posée devant lui. Il a réfléchi et il a demandé :

— Pourquoi tu me l'as donnée ?

Pavel lui a répondu :

— Pour que tu arrêtes de m'emmerder.

Kyabine s'est mis à rire, et il a dit en regardant la cigarette :

— Alors je vais continuer à t'emmerder dans ces conditions.

Il était très content de son astuce. Il a levé les yeux au ciel. Au bout d'un moment il s'est penché vers Pavel et lui a dit pour mettre son astuce en pratique :

— Tu racontes tellement de conneries, Pavel, que plus personne te croit. Tu penses m'avoir, Pavel, mais tu m'as pas du tout. Je crois en rien de rien de ce que tu racontes. Montre-moi par exemple où tu as pissé sur les fourmis !

Pavel, tranquillement, a repris sa boîte, a sorti une cigarette et l'a posée devant Kyabine. Kyabine est resté figé et n'a plus rien dit. Il ne pensait pas que son astuce allait fonctionner. Vous comprenez, il ne pensait pas que Pavel allait lui redonner une cigarette pour qu'il arrête de l'emmerder. Il a dévisagé Pavel avec étonnement.

Nous commencions à sentir les feux de bois qu'on allumait devant les tentes. De la fumée arrivait jusqu'à nous, et c'était bon de se fumer une cigarette quand il y avait cette odeur.

Et Kyabine, en tirant sur la sienne, a continué de regarder Pavel avec étonnement.

9

L'humidité est tombée et nous sommes rentrés dans la tente. Nous nous sommes allongés sous nos couvertures. Par-dessus nous avons étendu nos manteaux parce qu'il faisait encore froid la nuit. Les couvertures étaient sales, et Sifra, de sa voix douce de femme, a proposé que nous les lavions à l'étang, demain. Nous avons tous été d'accord.

Kyabine lui a dit :

– Si tu veux, je laverai la tienne, Sifra.

– Pourquoi ?

– Pour te rembourser le tabac.

Sifra lui a répondu gentiment, comme s'il lui demandait un service :

– Je préfère que tu me le rendes, Kyabine.

Brusquement, Pavel s'est redressé et il a demandé :

– Qui a la montre ?

Alors je me suis souvenu que c'était moi. Je l'ai passée à Pavel parce que c'était à son tour de dormir avec. Pas pour la montre dont le mécanisme était cassé, mais pour la photographie d'une femme qui était à l'intérieur. C'était agréable de dormir avec cette photographie. Nous nous imaginions que cela nous portait chance. Nous ne savions pas pourquoi. Je crois même que nous n'y croyions pas dans le fond, qu'elle nous portait chance. Mais nous aimions à le penser.

Pavel, Kyabine et moi dormions avec elle à tour de rôle. Mais pas Sifra. C'était difficile de savoir pourquoi. Aucun de nous ne lui avait jamais demandé. C'est pourtant lui qui avait pris la montre sur le corps d'un officier de cavalerie en Galicie, ainsi que les bottes qu'il portait. Je me disais : il porte bien les bottes, alors pourquoi ne veut-il pas dormir avec la photographie de la montre ?

Un jour Pavel m'avait dit qu'il n'avait peut-être jamais dormi avec une femme, ce qui faisait que dormir avec la photographie ne lui rappelait rien. C'était peut-être ça. Oui mais je suis sûr que Kyabine n'avait jamais dormi avec une femme non plus, ça ne l'empêchait pas de prendre son tour.

Je me gardais pour moi que, moi non plus, je n'avais jamais dormi avec une femme.

Pavel était sans doute le seul à l'avoir fait.

10

Quand Pavel m'a touché le bras, pendant un instant j'ai eu du mal à savoir ce qu'il se passait et où
j'étais. Pavel m'a retouché le bras. Maintenant
j'étais réveillé. Nous avons enfilé nos bottes, avons
pris nos manteaux et sommes sortis de la tente sans
faire de bruit.

Il y avait des feux qui finissaient de se consumer.
Les braises brillaient dans la nuit. Nous avons mis
nos manteaux et quitté le camp. Nous avons marché
en silence jusqu'à la pile de traverses. Puis de là
nous sommes entrés dans le champ pour aller à
l'étang.

Pavel s'est accroupi au bord de l'eau. Je suis

resté debout le plus loin possible. Je l'ai entendu malgré tout sangloter. Parfois j'entendais aussi un léger bruit à la surface de l'étang. La nuit dernière il y avait eu du vent, il couvrait tous les autres bruits.

Nous sortions toutes les nuits, Pavel et moi, depuis que nous avions quitté la forêt. Toutes les nuits Pavel rêvait que Sifra lui coupait la gorge. C'était un rêve terrible. Il se réveillait en proie à une grande terreur. Alors il avait besoin de sortir et que moi je l'accompagne. Nous venions ici à l'étang, ou bien nous nous arrêtions à la pile de traverses. Quelquefois, mais c'était rare, il pleurait comme cette nuit, et ensuite ça allait mieux. Je me disais parfois que c'était sans doute de cette façon que, pour Pavel, l'hiver dans la forêt continuait de vivre en lui. Mais ni Pavel ni moi ne comprenions pourquoi c'était tombé sur Sifra. Sifra était si doux avec nous, et un si bon camarade.

Je pensais : si c'était moi qui lui coupais la gorge toutes les nuits je serais très malheureux. Et ce ne serait sans doute pas de moi dont il aurait besoin pour venir se calmer ici.

Les sanglots de Pavel ont diminué.

Je suis resté debout et j'ai regardé la surface de l'étang. J'aurais aimé venir près de Pavel, mais je pensais que c'était mieux d'attendre qu'il en ait envie.

J'ai continué d'attendre, et il m'a semblé que Pavel ne pleurait presque plus, et qu'à présent il avait envie que je vienne. Il ne m'avait fait aucun signe, il n'avait pas bougé ni rien, mais je sentais qu'il voulait que je vienne maintenant. Alors je suis allé m'accroupir à côté de lui.

Il a sorti sa boîte, l'a ouverte et me l'a tendue. J'ai pris une cigarette et nous avons fumé presque paisiblement, en regardant l'étang.

Pavel ne pleurait plus du tout, il rejetait la fumée entre ses jambes. Nous étions bien au chaud dans nos manteaux et j'aurais aimé trouver quelque chose à dire pour le consoler.

Quand nous sommes rentrés, Pavel faisait de grands pas dans l'herbe. Il avait ouvert son manteau, les pans lui battaient les jambes. Je n'avais rien trouvé à lui dire pour le consoler sur la berge de l'étang, et je ne cherchais plus.

Je lui ai seulement demandé :

– Ça va, Pavel ?

– Oui.

Nous sommes arrivés aux traverses devant la voie de chemin de fer, et nous avons bifurqué sur le chemin qui menait au camp. Il faisait toujours aussi noir. Il n'y avait pas de lune et l'aube était encore loin.

11

Le lendemain nous étions de réquisition. Nous le savions, on nous avait prévenus, mais nous l'avions oublié. Le sergent Ermakov est venu nous chercher à l'aube. Nous nous sommes habillés et avons quitté le camp en traînant les pieds derrière lui.

Nous espérions trouver rapidement une ferme et ainsi rentrer avant le soir et pouvoir aller à l'étang. Nous n'aimions pas ces réquisitions. Il y avait toujours des histoires.

Je marchais à côté de Pavel. Rien sur son visage ne montrait qu'il avait eu si peur cette nuit. De ça, de ses cauchemars et de nos sorties dans la nuit, nous n'en parlions jamais pendant la journée, je veux dire Pavel et moi. Je pense que c'était mieux.

Mais bien sûr, s'il avait voulu en parler, je l'aurais écouté.

Kyabine et Sifra ne savaient rien des cauchemars de Pavel. Peut-être que l'un ou l'autre nous entendait nous lever la nuit, mais ils ne savaient pas pourquoi. J'étais le seul à le savoir et j'en éprouvais de la fierté.

Nous avons marché une heure.

Le sergent Ermakov est toujours resté devant. Il arrachait des herbes au passage et les mâchait.

Nous avons vu de la fumée au loin.

Nous avons trouvé une route et aperçu un hameau. Le sergent Ermakov nous a fait jeter nos cigarettes et fermer nos manteaux. Mais sous nos manteaux apparaissaient les bottes allemandes de Pavel et moi, les gros souliers ordinaires de Kyabine, et les bottes de cavalerie de Sifra. Seuls nos manteaux et nos casquettes étaient identiques et réglementaires.

Le sergent Ermakov est entré dans la cour de la première maison. Nous l'avons attendu sur la route. Nous n'avions ni le droit de nous asseoir ni celui de fumer. Et nous devions laisser le fusil à la bretelle.

Le sergent Ermakov a frappé à la porte, puis à la fenêtre. Un homme est sorti dans la cour. Il portait la veste des gardes forestiers. Ils se sont parlé un moment, ensuite ils sont descendus dans le potager, en contrebas de la cour. Le garde forestier s'est mis à arracher des poireaux d'hiver. Le sergent Ermakov l'aidait en retirant la terre qui restait accrochée au racines.

Le forestier arrachait les poireaux de bon cœur. Il savait qu'il s'en sortait bien. Des poireaux, son jardin en était plein.

Derrière moi, Pavel a dit à voix basse :

– Hé, fous-toi-s'en un au cul, de poireau, Ermakov !

Kyabine s'est mis à rire en silence, la bouche fermée et en secouant les épaules. Le forestier et le sergent sont remontés dans la cour. Le sergent a sorti les bons de réquisition pour les remplir, mais l'autre a posé les deux mains sur les siennes. À haute voix ça aurait donné : pas besoin de reçu, ces poireaux, je t'en fais cadeau à toi et à l'Armée rouge.

Le sergent Ermakov a rangé les bons dans sa poche, et le garde forestier a fait une botte des poireaux, et l'a enroulée d'une corde. Ensuite il est rentré dans la maison et il est revenu avec un sac de pommes de terre.

12

La deuxième maison était inoccupée. J'ai proposé que nous y entrions quand même jeter un œil, mais le sergent Ermakov n'a pas voulu. Kyabine portait la botte de poireaux sur son épaule. Il souriait chaque fois qu'il regardait le sergent Ermakov, et on voyait bien qu'il pensait encore à ce qu'avait dit Pavel tout à l'heure à propos des poireaux et du cul d'Ermakov.

Je portais les pommes de terre. Elles étaient bien sûr de l'année passée et commençaient à germer. Elles sentaient les vieilles pommes de terre. Elles sentaient le printemps. Parce que c'est à cette époque qu'arrive le moment de les trier et de jeter celles qui ont perdu presque toute leur chair tellement elles ont germé.

Il y avait un cochon dans la cour de la troisième maison. Il creusait la terre avec son groin. Il a levé la tête vers nous quand nous sommes arrivés. Kyabine et moi avons posé les poireaux et les pommes de terre sur la route. Le sergent Ermakov est entré seul dans la cour. Il est passé à côté du cochon, a regardé autour de lui, et il a frappé à la porte.

Un homme et une femme sont sortis, et ils ont commencé à discuter avec Ermakov. On entendait ce qu'ils se disaient. L'homme et la femme avaient deux fils dans le régiment Chouïski. Ils demandaient si nous savions où était le régiment Chouïski en ce moment. Le sergent Ermakov leur a dit, en faisant en même temps non avec la tête, que nous ne savions pas où était aucun des régiments en ce moment.

Ensuite ils ont parlé d'une histoire de distribution, mais de laquelle au juste, on ne l'avait pas entendu. En tout cas le sergent Ermakov semblait d'accord avec eux.

Soudain la femme est entrée dans la maison et elle est revenue avec un poulet. Elle devait s'apprêter à le plumer parce qu'il était fumant et dégoulinait d'eau. Mais le sergent Ermakov leur a dit qu'ils pouvaient garder le poulet parce que malheureusement nous allions repartir avec le cochon. La femme a laissé pendre le poulet au bout de son bras, et l'homme s'est mis à crier d'un seul coup que ça avait été trop difficile de le nourrir pendant l'hiver pour le laisser partir maintenant. Alors moi j'ai eu envie de lui gueuler que s'il voulait nous allions lui parler de l'hiver dans la forêt, et comment nous on s'était nourris.

Le sergent Ermakov s'est reculé parce que l'homme gueulait de plus en plus fort, et qu'il avait l'air menaçant, maintenant. Entre-temps la femme était allée s'asseoir sur le seuil de la maison. Elle avait posé le poulet entre ses jambes et elle s'était mise à pleurer.

Ermakov s'est tourné vers nous.

C'était le moment. Pavel et Sifra sont entrés dans la cour. L'homme s'est tu. Son visage s'est tendu. Ses mains se sont mises à trembler tellement que soudain il nous a inspiré de la pitié, malgré notre hiver à nous dans la forêt. Il avait aussi les yeux pleins de larmes. Mais c'était surtout ses mains qui étaient terribles à regarder.

Pavel et Sifra sont passés entre le sergent et

l'homme, et se sont approchés du cochon. Et tandis qu'ils le poussaient hors de la cour, le sergent Ermakov a demandé gentiment à l'homme comment s'appelaient ses fils.

13

Je portais les pommes de terre, et Kyabine les poireaux. Devant nous Pavel et Sifra s'occupaient de faire avancer le cochon. Le sergent Ermakov marchait en dernier.

Parfois, quand le cochon avait tendance à ralentir ou à se diriger de travers, Pavel le poussait avec la crosse de son fusil, et il s'adressait à lui comme ça :

– Allez, avance, Kyabine !

Ou alors :

– Oh, Kyabine, qu'est-ce que tu fous ? Tout droit !

Ça le faisait rire, Kyabine.

Derrière nous, le sergent Ermakov ne disait rien. Je sentais bien qu'il pensait aux gens dans la cour et que ça le tourmentait. Nous avions déjà fait des réquisitions avec lui. Et c'est toujours comme ça qu'il était, Ermakov. On aurait toujours dit que c'était chez lui, dans sa maison, qu'on se servait. Nous savions qu'il possédait une ferme quelque part. Au rythme où nous allions dans nos réquisitions, il devait avoir l'impression que sa ferme serait vide quand il rentrerait. Mais ce qu'on y pouvait ?

Je lui ai demandé sans me retourner ce que c'était, ce régiment Chouïski. Il m'a répondu qu'il n'en savait rien. Je lui ai demandé alors pourquoi il avait demandé aux gens comment s'appelaient leurs fils qui y étaient, dans ce régiment. Il m'a dit d'avancer.

J'avançais. Mais de plus en plus tristement. C'était plus fort que moi. C'est à cause de l'odeur des pommes de terre sur mon épaule. Elle ne m'évoquait rien de précis, cette odeur, je veux dire aucun événement particulier. Simplement un temps lointain.

J'ai fini par me sentir vraiment très triste.

J'ai fait de grands pas pour rattraper Pavel et marcher à côté de lui. J'avais besoin de le sentir à côté de moi. Je ne voulais pas lui dire combien j'étais triste, mais simplement l'avoir à côté de moi. Mais il était occupé à faire avancer le cochon. Il n'avait pas le temps de faire attention à moi. Il a recommencé à s'adresser au cochon comme s'il s'agissait de Kyabine. J'ai entendu rire Kyabine derrière moi. Ça m'a donné une idée.

J'ai ralenti, et quand je me suis retrouvé à la hauteur de Kyabine, je lui ai proposé d'échanger ses poireaux contre mon sac de pommes de terre. Il a penché la tête sur le côté pour désigner son épaule libre. Je lui ai posé le sac dessus et je m'apprêtais à lui prendre la botte de poireaux. Mais il m'a fait signe que ça allait comme ça, qu'il pouvait tout porter.

Devant, Pavel lançait au cochon :

— Kyabine, tu avances, ou quoi ?

Alors Kyabine en riant :

— Cochon toi-même, Pavel !

Derrière nous le sergent Ermakov a ordonné :

— Bon Dieu, fermez vos gueules, tous !

14

Quand nous sommes arrivés au camp, le matin avait passé, le soleil était haut. Il était l'heure de manger. La cuisine était installée sous le bois de sapins. Il y avait un foyer en pierres, des tréteaux avec des planches posées dessus. Les casseroles, seaux, louches, étaient suspendus aux arbres par des clous. Derrière on apercevait le bureau de la compagnie qu'on avait construit sous un auvent de branchages.

Le cuisinier était si content qu'on lui ramène un cochon qu'il nous a servis largement, et nous a donné en plus une bonne pincée de thé en poudre que Sifra a tenu dans le creux de sa main, précieusement. Il était rare d'avoir du thé.

Nous avons demandé au sergent Ermakov s'il voulait venir le boire avec nous. Il nous a répondu :

– Vous en faites pas pour moi.

Ce qu'il voulait dire par là, nous ne l'avons pas compris. Nous sommes allés à la tente, Pavel a allumé un feu, et nous avons mangé en écoutant l'eau siffler dans notre bouilloire.

Nous avons vite fini de manger pour nous occuper du thé.

Mais nous avions un problème. Il se posait chaque fois que nous réussissions à avoir du thé. Avec ce que nous avait donné le cuisinier, il y avait comme d'habitude de quoi faire la moitié d'une tasse de vrai thé. Nous étions quatre.

Alors, si nous mettions beaucoup d'eau, le thé n'avait pas beaucoup de goût. Si nous en mettions peu, il avait un vrai goût de thé, seulement nous ne pouvions en boire qu'une ou deux gorgées chacun. Nous discutions parfois très longtemps avant d'infuser.

Cette fois ça a été un peu plus vite, on n'a pas fait d'histoires. Tous les quatre on a été d'accord pour infuser dans peu d'eau. Ainsi il était bien fort, comme nous le préférions. Nous l'avons gardé dans la bouche jusqu'au moment où il est devenu tiède. Alors seulement nous l'avons avalé. C'était rapide, et aussitôt après l'avoir avalé, on aurait tous bien aimé revenir une minute en arrière.

À peine bu, c'était déjà un thé plein de nostalgie.

Mais c'était quand même mieux que pas de thé du tout.

15

Nous avons éteint le feu. Nous avons roulé nos couvertures, les avons prises sous le bras et nous sommes partis pour l'étang. Arrivés à la pile de traverses, et au moment d'entrer dans le champ, Pavel a dit :

– On ne peux plus aller à l'étang par là.

Nous l'avons regardé sans comprendre. Il nous a montré le chemin que nous avions fait en écrasant les herbes. Il nous a expliqué que si nous continuions à passer par là, nous allions ouvrir une route pour le reste de la compagnie. Alors adieu l'étang et la tranquillité.

Nous avons grimpé sur la voie ferrée, et l'avons remontée sur un kilomètre. Ensuite nous avons laissé une centaine de mètres entre nous, et sommes entrés dans le champ. Ainsi espacés, ça augmentait les chances de trouver l'étang, on balayait plus de distance qu'en marchant ensemble.

Les herbes étaient si hautes qu'on ne se voyait pas. On avançait, chacun de son côté et solitaires, comme si aucun de nous n'avait jamais eu de camarades. Je le dis pour nous quatre, parce que je suis certain que Pavel, Kyabine et Sifra ressentaient cela aussi comme moi, tandis que nous avancions sans nous voir. Voilà pourquoi au bout d'un moment on s'est appelés à tue-tête. On a entendu Kyabine lancer de toutes ses forces :

– Pavel ! Sifra ! Bénia !

Nous avons lancé comme lui :

– Kyabine ! Kyabine ! Kyabine !

Et Kyabine :

– Oh, les gars, je suis là !

Et nous :

– T'es là, Kyabine !

Kyabine de sa voix de tonnerre :

– Oui, je suis là !

Et nous :

– Alors tu l'as trouvé ?

Kyabine de la même voix de tonnerre :

— Pas encore, mais je suis là.

Ça allait mieux. Nous avons continué d'avancer sans nous voir, mais nos voix nous avaient fait du bien. Nous avions de nouveau des camarades. Des oiseaux s'envolaient devant nous. Une de ces espèces d'oiseaux qui nichent dans l'herbe.

Soudain Pavel a appelé Kyabine :

— Kyabine !

Et Kyabine :

— Oui, Pavel, quoi !

Pavel a crié de toutes ses forces :

— Gros con d'Ouzbek !

Kyabine a lancé son rire par-dessus les herbes.

Nous avons continué d'avancer, et tout d'un coup on a entendu Sifra :

— Je l'ai trouvé !

— Où ça ?

— Je suis là !

Nous avons convergé vers lui. Il nous a regardés arriver en souriant. Il était heureux comme tout que ce soit lui qui l'ait trouvé.

L'étang était calme, il n'y avait pas de vent.

On s'est approchés de l'eau. On arrivait à voir le fond aujourd'hui.

Nous avons déroulé nos couvertures et nous sommes étendus dessus. Le soleil était chaud, et bientôt nous avons ôté nos bottes et nos manteaux, et plié les manteaux pour poser la tête. Sauf Sifra qui est resté assis et a démonté son fusil, alignant avec soin les pièces sur sa couverture.

Je me suis allongé sur le côté et j'ai fermé les yeux. Il y avait dans l'air l'odeur de l'étang, de la vase et de l'herbe, et tout était calme.

J'ai déjà dit que cet endroit était précieux.

Je n'arrive pas à me lasser de le dire.

— S'il te plaît, Bénia, donne-moi du tabac !

Bien sûr c'était Kyabine.

Je m'apprêtais à lui dire non afin qu'il me supplie. Et puis je me suis souvenu du sac de pommes de terre qu'il avait pris sur son épaule et qu'il avait porté en même temps que ses poireaux.

Je me suis redressé et lui ai donné de quoi se faire une cigarette. Il n'en revenait pas. Il regardait le tabac avec extase. Je me suis rallongé et j'ai fermé les yeux.

Quand je me suis réveillé, il n'y avait plus personne autour de moi. Kyabine était au milieu de l'étang. Il portait Sifra sur ses épaules. Sifra s'accrochait à ses cheveux parce qu'il avait peur de l'eau.

Pavel était assis sur la berge, en face, de l'autre côté de l'étang. Quand il a vu que j'étais réveillé, il s'est levé et il est venu.

Kyabine et Sifra aussi. Ils sont revenus vers la berge, et jusqu'au dernier moment Sifra s'est accroché aux cheveux de Kyabine. Il l'a lâché seulement quand Kyabine a posé le pied sur le sable.

Nous avons lavé nos couvertures.

Nous les avons trempées dans l'eau, puis frottées avec du sable. Nous les avons rincées et avons recommencé à les frotter avec du sable.

Nous les avons rincées une dernière fois et nous sommes allés les étendre dans l'herbe. Le soleil était si chaud que de la vapeur s'en échappait.

16

On est rentrés avec nos couvertures propres et sèches. Au niveau de la pile de traverses, on est tombés sur Yassov, le sculpteur de mains, au moment où il enjambait la voie ferrée.

Il est rentré au camp avec nous. Il nous a dit qu'il était allé vendre ses mains à la compagnie de Kossarenko. Ils étaient installés dans la plaine aussi, mais de l'autre côté de la voie. Parfois nous apercevions la fumée de leurs feux, au loin.

Kyabine a demandé à Yassov :

– Tu en as vendu ?

Yassov a répondu :

– Oui, une.

Kyabine lui a demandé :

—Contre quoi ?

Yassov a dit :

—Ça !

Et il a sorti de sa poche une demi-douzaine de cigarettes déjà roulées. Elles étaient minces, mais c'était quand même des cigarettes. Kyabine les a regardées avec envie. Yassov les a remises dans sa poche et il a dit :

—On va plus rester longtemps ici.

Pavel lui a demandé :

—Quoi, qu'est-ce que tu chantes ?

—Qu'on va bientôt s'en aller d'ici. C'est Kossarenko qui me l'a dit.

Pavel a demandé :

—Combien de temps encore ?

—Quelques jours et on s'en va.

Nous avons cru Yassov. C'était une mauvaise nouvelle. Nous avons continué de marcher en silence. Puis j'ai demandé à Yassov s'il savait où nous allions. Non, il ne le savait pas, nous allions bientôt partir, voilà tout ce qu'il avait pu apprendre de Kossarenko.

Nous avons fini de rentrer au camp, sombres et silencieux. Combien de jours encore à pouvoir aller à l'étang et à jouer tranquillement aux dés devant la tente chaque fois que nous en avions envie ?

Nous avons porté nos couvertures dans la tente et nous sommes allés marcher dans le camp, nos gamelles à la main, en attendant que le cuisinier frappe sur le seau avec la louche. La nouvelle que nous allions partir continuait de nous rendre maussades.

Devant les tentes on allumait des feux. On faisait bouillir de l'eau en espérant qu'il y aurait du thé, ce soir. Certains jouaient aux dés devant leur tente. Il y en avait qu'on connaissait mieux que d'autres. Avec qui nous discutions parfois. Nous nous sommes approchés pour les regarder jouer.

Nous leur avons demandé s'ils étaient au courant que nous allions bientôt partir. Ils nous ont dit que tout le monde l'était, au courant.

Et où ? on leur a demandé. Ça personne ne le savait.

Pavel nous a fait signe parce que c'était bientôt l'heure. On s'est rapprochés du bois de sapins. Mais pas trop parce que le cuisinier n'aimait pas qu'on se colle devant la cuisine tant qu'il n'avait pas donné le signal.

Soudain la louche a frappé le seau.

On a foncé vers la cuisine. On était les premiers et on a tendu nos gamelles. Mais on n'a pas vu ce qu'on nous mettait dedans parce qu'on regardait, derrière la cuisine, de jeunes gars assis sous un sapin devant le bureau de la compagnie. Ils étaient cinq ou six. Le plus vieux d'entre eux était encore plus jeune que Sifra. Ils mangeaient dans une seule casserole. La plupart étaient habillés comme des paysans. Kaliakine, notre commandant, le lieutenant Dymov et le sergent Ermakov, tous les trois adossés au bureau de la compagnie et pensifs, les regardaient manger.

On a demandé au cuisinier :

– Qu'est-ce que c'est ?

Le cuisinier nous a dit :

– Ont remonté la voie.

Nous avons dit :

– Et alors ?

Le cuisinier nous a répondu :

– Veulent s'engager.

Avant de partir nous lui avons demandé s'il y avait du thé, ce soir. Non, il n'y en avait pas. Nous lui avons demandé si pour nous spécialement il y en avait. Non plus. Ce salaud, il avait déjà oublié que c'était nous qui lui avions ramené le cochon.

Nous sommes retournés à la tente avec nos gamelles. Ceux qui faisaient bouillir l'eau pour le thé, c'est sûr, ils allaient la boire claire comme ça. Quand nous sommes passés devant eux nous leur avons dit :

– Dépêchez-vous, il y a du thé !

17

C'était au tour de Kyabine de dormir avec la montre. Pavel la lui a passée, et Kyabine l'a embrassée avec amour. Nous aimions beaucoup quand il faisait ça. Il le savait, et les baisers étaient de plus en plus passionnés. Parfois Pavel lui disait que si la femme qui était sur la photographie avait su qu'un gros con d'Ouzbek l'embrassait comme ça un soir sur trois, ça l'aurait dégoûtée des hommes. Kyabine lui demandait alors qu'est-ce qu'il en savait. Pavel lui répondait qu'il le savait.

Finalement Kyabine a posé délicatement la montre sous sa couverture et s'est allongé. Je lui ai demandé s'il voulait bien me passer la montre pour cette nuit si je lui donnais une cigarette. Il a fait :

– Quoi ?

Je lui ai redemandé s'il acceptait de laisser son tour de montre contre une cigarette. Il a réfléchi un instant et il m'a demandé :

– Combien tu m'en donnes ?

Bien sûr il avait très bien entendu que c'était une. Je ne me suis pas laissé avoir. Je lui ai répété :

– Une, Kyabine, une.

Il a dit :

– Deux.

J'ai dit :

– Tu peux garder la montre, Kyabine.

Il a compris que je tiendrais ferme. Il a eu l'air d'hésiter, puis il s'est redressé sur un coude. J'ai sorti une cigarette et la lui ai tendue. Il a embrassé une dernière fois la montre avant de me la donner.

Il m'a demandé :

– Et demain, qui est-ce qui dort avec ?

Je lui ai dit que demain on reprenait le tour normal, que c'était moi qui l'aurais.

Il a fait avec déception :

– Ah !

Il est demeuré sur son coude. J'ai eu peur qu'il revienne sur l'échange. J'ai mis la montre dans ma poche, j'ai soufflé sur la lampe et je me suis allongé.

C'était agréable d'avoir une couverture propre. Je l'ai dit à Sifra parce que c'était lui qui avait eu l'idée de les laver, mais il ne m'a pas répondu, il dormait déjà.

Je suis resté les yeux ouverts.

Je sentais l'huile de la lampe et je pensais à l'hiver dans la forêt.

18

Quand Pavel m'a réveillé dans la nuit, sans le faire exprès j'ai touché la jambe de Kyabine en me redressant. Il a levé la tête. Il a demandé :

– Qu'est-ce que vous faites ?

On ne lui a pas répondu. J'ai pris mon manteau sous le bras. Kyabine a insisté :

– Qu'est-ce que vous faites, où vous allez ?

Je lui ai dit :

– Dors, Kyabine !

– Hein ?

J'ai dit :

– Tout va bien, dors !

On est sortis de la tente et on s'est dépêchés de quitter le camp avant que Kyabine n'ait l'idée de se lever et de nous rejoindre.

Cette nuit Pavel n'avait pas envie d'aller jusqu'à l'étang. Il s'est arrêté à la pile de traverses et s'y est assis. Je l'ai laissé tranquille. J'ai grimpé sur la voie ferrée et j'ai marché sur le ballast, lentement, parce que je ne voulais pas trop m'éloigner.

Parfois, dans la journée, je réfléchissais à ce que je pouvais dire à Pavel pour le consoler. Bien sûr je trouvais des choses à dire. Mais quand nous étions là, tous les deux, soit je n'osais plus le dire, soit je ne m'en souvenais pas. Alors parfois j'avais peur que Pavel pense qu'il n'avait pas de chance d'avoir un camarade tel que moi. À quoi lui servait-il de me réveiller pour l'accompagner si je me taisais ?

J'ai fait demi-tour et je suis revenu vers les traverses. Quand je suis arrivé à sa hauteur, j'ai continué de marcher parce qu'il m'a semblé qu'il avait encore envie de rester un moment seul.

J'aurais aimé m'allumer une cigarette mais j'ai préféré attendre de la fumer avec lui.

J'ai marché encore une centaine de mètres et j'ai refait demi-tour. Quand je suis arrivé près de lui, j'ai eu l'impression que ça allait mieux maintenant. Je lui ai demandé :

– Ça va ?

Il m'a fait signe que oui. Je me suis assis sur la traverse à côté de lui et lui ai offert une cigarette. Il y avait des lueurs au loin. C'était sûrement le camp de Kossarenko. Ils faisaient encore des feux à cette heure-là.

J'avais du mal à me décider à faire ce que je prévoyais depuis hier soir. J'ai attendu que nous ayons terminé nos cigarettes. Et même alors que nous les avions jetées sur la voie, et que je regardais leur bout s'éteindre, j'ai continué d'hésiter.

Soudain je l'ai fait. J'ai sorti la montre de ma poche et l'ai tendue à Pavel. Il m'a demandé parce qu'il faisait sombre :

— Qu'est-ce que c'est ?

J'ai dit :

— Prends-la, c'est la montre.

19

Pavel s'était calmé, et nous rentrions. Il avait accepté la montre et j'étais fier de moi, d'avoir eu cette idée pour le consoler. Nous savions tous les deux que cette montre ne nous portait pas chance, et que nous ne dormions pas vraiment avec cette femme à l'intérieur. Je l'ai déjà dit, nous aimions seulement nous l'imaginer. N'empêche, quand venait notre tour de l'avoir, nous étions bien contents de la mettre dans notre poche pour la nuit. Comme devait l'être Pavel à présent. Deux nuits de suite avec elle, il y avait de quoi être doublement content. Je ne regrettais pas la cigarette qu'elle m'avait coûté. Si Kyabine avait insisté, je lui en aurais donné davantage. Heureusement qu'il n'avait pas compris à quel point j'avais besoin de la montre.

Le chemin était assez large pour marcher côte à côte. C'est sur ce chemin-là que nous avions fait la course avec les traverses. Ça m'a donné une idée de conversation. J'ai dit :

– On l'a eu, Kyabine, avec la traverse.

– Quoi ?

Je lui ai rappelé :

– C'est ici qu'on a fait la course.

– Ah oui.

– Hé, on l'a eu.

Il faisait moins froid que la nuit dernière. J'avais sommeil. Ça faisait du bien de rentrer se coucher et j'espérais qu'on ne réveillerait pas Kyabine.

J'avais sommeil, mais tout allait bien. J'étais content d'avoir eu l'idée de la montre, et d'aller me coucher. Puis brusquement ça s'est arrêté, tout s'est envolé, parce que j'ai recommencé à me demander : si par malheur c'était moi qui remplaçais Sifra dans le rêve de Pavel, moi qui lui coupais la gorge. Alors comment les choses se passeraient ? Est-ce que c'est de moi que Pavel aurait encore besoin, la nuit ? Et je connaissais la réponse. Pavel ne pourrait pas me dire : « Je rêve que tu me coupes la gorge, sortons de la tente et viens avec moi parce que j'ai besoin que tu sois à côté de moi. » Non, c'était sans doute à Kyabine ou à Sifra qu'il le demanderait. Et je le comprenais.

Quand on est arrivés à la tente, je me sentais triste et inquiet. Pavel allait mieux. Il s'est endormi tout de suite avec la montre.

Je suis resté les yeux ouverts.

J'étais couché à côté de Sifra. J'entendais sa respiration, et qu'on ait pitié de moi, mais à ce moment-là j'ai espéré de toutes mes forces que ce serait toujours lui qui tiendrait le couteau dans les rêves de Pavel.

20

Le sergent Ermakov avait passé la tête dans notre tente. Il a posé son regard sur chacun de nous. C'était impossible qu'il vienne nous chercher pour une réquisition, car nous y étions allés hier. Nous lui avons demandé ce qu'il voulait. Il nous a répondu :

– Sortez de là !

Le jour était levé, nous aurions dû être debout, mais nous étions bien au chaud sous nos couvertures.

Pavel a grogné :

– Laisse-nous dormir !

Le sergent Ermakov a dit :

– Sortez de là !

Nous n'avons pas bougé. Le sergent Ermakov s'est mis en rogne. Il a envoyé des coups de pied dans la tente, alors il a bien fallu nous lever et sortir avant qu'il nous la déchire.

Le camp était dans la brume. Le soleil était encore derrière le bois de sapins. À côté du sergent Ermakov, il y avait un des jeunes gars que nous avions vus manger devant le bureau de la compagnie, la veille. Il avait passé une couverture sur ses épaules. En dessous il portait une chemise de la marine et une veste.

Pavel s'est assis sur une traverse pour enfiler ses bottes. Le sergent Ermakov nous a dit :

– Vous allez le prendre avec vous.

Nous avons regardé le sergent Ermakov avec stupeur. Puis Kyabine, Sifra et moi, on s'est tournés vers Pavel qui s'était arrêté d'enfiler ses bottes. On lui demandait silencieusement de dire quelque chose au sergent Ermakov. Il semblait avoir compris et il a dit à Ermakov :

– On va pas le prendre avec nous, et toi sergent tu vas lui botter le cul et le ramener à sa mère.

Le gosse a regardé ses bottes de paysan. Le sergent Ermakov est resté calme et il a dit :

– Faudra lui expliquer comment les choses vont ici, l'organisation et tout ça.

Pavel a dit, finissant d'enfiler ses bottes :

– On va rien lui expliquer du tout parce qu'on en veut pas.

Là-dessus Pavel nous a regardés et a demandé :

– Hein, est-ce qu'on en veut ?

On avait moins d'audace que Pavel devant le sergent Ermakov. On s'est contentés de rester silencieux, mais ça valait bien comme réponse. Le sergent Ermakov s'est assis sur la traverse en face de Pavel et lui a dit :

– T'as une sacrée grande gueule.

Pavel a entrouvert la tente en disant :

– Regarde, Ermakov, on peut pas dormir à cinq là-dedans.

Le sergent Ermakov n'a pas regardé dans la tente. D'ailleurs valait mieux pas, car de la place pour cinq, il y en avait. Il a dit calmement :

– On va bientôt s'en aller d'ici.

Puis il s'est levé et il est parti.

Le gosse continuait de regarder ses bottes de paysan.

21

Nous préférions rester au camp, ce matin. Nous jouions aux dés. Nous ne misions rien. Les dés tombaient souvent de la caisse en bois. Nous ne parlions pas. Nous lancions chacun à notre tour. Nous comptions à peine les points. Le gosse était là qui nous regardait. Il était assis à un bout de la traverse de Kyabine et Sifra. Il avait toujours la couverture sur ses épaules. Nous n'avions rien contre lui. Seulement, nous aurions aimé qu'il ne soit pas là.

Quand le gosse s'est levé pour aller pisser, Kyabine a attendu qu'il se soit éloigné et a demandé pourquoi nous n'allions pas à l'étang. Pavel a dit que c'était risqué d'en montrer l'emplacement au gosse, qu'il se pourrait que le sergent Ermakov change d'avis et le confie à d'autres. Alors adieu la tranquillité à l'étang. J'ai réfléchi et j'ai dit à Pavel :

— Oui, mais vu que nous devons bientôt partir nous risquons de ne plus y aller du tout.

Pavel l'a admis. J'ai dit encore :

— Et je crois pas qu'Ermakov change d'avis.

Le gosse est revenu. Il avait ôté sa couverture des épaules, et la tenait sous son bras. Sifra lui a conseillé :

— Va la mettre sous la tente.

Le gosse a enjambé la caisse en bois pour entrer dans la tente. Nous avons recommencé à jouer. Kyabine a demandé à voix basse :

— Alors, on va y aller, à l'étang ?

Pavel a lancé les dés.

22

Kyabine et le gosse sont allés chercher le repas. Le gosse n'avait ni gamelle ni couverts. Il avait ce qu'il fallait quand ils sont revenus, il était pourvu d'une gamelle, d'un quart, d'un couteau et d'une cuillère.

Nous avons mangé et fumé. Nous avons un peu lancé les dés, et ensuite nous avons questionné le gosse. Et voilà ce qu'il nous a répondu : il venait de Vsevolojsk, sur le lac Ladoga. Il avait pris le train à Pétersbourg. Il avait voyagé sur une plate-forme jusqu'à Moguilev. Puis de Moguilev jusqu'à Voronej. C'est là qu'il avait su où se trouvait une partie de la Troisième Armée : nous.

Au bureau de la Tcheka, on lui avait donné ce qu'il portait sur le dos, ainsi que des sous-vêtements et une couverture réglementaires. On lui avait dit d'attendre d'autres engagés, et de remonter la voie de chemin de fer jusqu'ici.

Nous lui avons demandé s'il avait déjà tenu un fusil. Oui, un fusil de chasse. Nous lui avons demandé comment il s'appelait. Il s'appelait Kouzma Evdokim. Je lui ai demandé à combien de coups, le fusil de chasse. Un coup. Kyabine lui a demandé s'il avait du tabac. Non, mais il lui restait du thé.

Nous avons allumé le feu, fait bouillir l'eau et préparé le thé. Pas d'histoires cette fois pour savoir comment nous devions l'infuser. Il y en avait une bonne quantité, de quoi remplir la bouilloire. Il était amer, et moins bon que celui qu'on nous donnait quelquefois. Mais nous n'en avons pas laissé une goutte.

Ensuite on est allés faire un tour dans le camp. Le gosse Evdokim est venu avec nous. On avait encore le goût de son thé amer dans la bouche. On s'est arrêtés devant la tente de Yassov. Il nous avait imités, il avait ramené une traverse de la pile. Il était assis à un bout et il sculptait une main. Cinq ou six mains

87

terminées étaient alignées à côté de lui sur la traverse. Il a levé les yeux sur nous rapidement et puis
il a continué de travailler.

On n'en voulait toujours pas de ses mains. Mais
c'était intéressant de le regarder sculpter.

23

Nous remontions la voie ferrée, et au moment d'entrer dans le champ pour aller à l'étang, Pavel a hésité, puis nous a fait signe que nous continuions sur la voie. C'était dommage. Parfois, Pavel était trop prudent. J'étais sûr qu'Ermakov ne nous retirerait plus le gosse Evdokim à présent pour le confier à d'autres.

Nous avons marché une heure et avons trouvé cette station. L'intérieur était vide, plus de chaises ni de tables. Le sol était couvert de papiers imprimés. Il y avait une merde sèche dans un coin. Kyabine l'a jetée par la fenêtre. On s'est assis et on a joué aux dés. J'ai prêté un peu de tabac à Kyabine. Il s'est roulé une cigarette, se l'est fumée, et le reste, il l'a misé. Il a juré à Sifra qu'il allait gagner et qu'il pourrait lui rendre ce qu'il lui devait.

Le gosse Evdokim nous a regardés jouer un moment puis il est sorti et nous l'avons oublié. La station était pleine de fumée. Nous lancions les dés sur les papiers qui recouvraient le sol.

Par moments des nuages passaient au-dessus de la station. La lumière baissait et revenait.

Soudain j'ai dit :

– Où est le gosse ?

Personne n'a répondu.

C'était à mon tour de jouer. J'ai lancé. J'ai compté mes points et Pavel a ramassé les dés.

Je me suis levé et je suis sorti. Le gosse Evdokim était là, assis sur le quai, adossé au mur de la station. Il écrivait sur un carnet à couverture de carton gris, et quand il m'a vu, il l'a refermé et m'a regardé avec gêne. J'ai dit :

– Alors !

Il a baissé les yeux et s'est mis à tripoter les coins de la couverture du carnet. Je suis resté encore un moment dans l'encadrement de la porte, puis je suis revenu dans la station et, en m'asseyant, j'ai annoncé que le gosse était en train d'écrire sur un carnet.

C'était à Kyabine de lancer les dés. Il les a fait rouler dans la main. Pavel m'a demandé :

— Qu'est-ce qu'il écrit ?

— Je sais pas.

Soudain Pavel a dit assez fort en direction de la porte :

— Écris à ta mère que Kyabine est un gros con d'Ouzbek !

Kyabine, en riant :

— Lui écris pas ça !

Puis il a levé la main, prêt à lancer les dés, mais il s'est retenu et il a gueulé :

— Écris-lui que je vais faire plus de points que Pavel !

Alors seulement il a lancé. Il a rapidement compté ses points et a repris les dés. Mais c'était à moi de les lancer. J'ai essayé de les lui arracher des mains. Mais il les tenait si serrés que c'était impossible. Je lui ai demandé :

— Qu'est-ce que tu fais, Kyabine ?

Il s'est marré, Kyabine. Il m'a dit :

— M'emmerde pas !

Il a relancé les dés, et a menacé du poing celui qui voudrait les ramasser.

— Je vais jouer jusqu'à ce que je fasse plus de points que Pavel. Je veux que le gosse écrive ça à sa mère.

J'ai dit en direction de la porte :

— Écris plutôt que Kyabine est un tricheur !

Kyabine a repris les dés d'une main, et de l'autre il m'a pressé la bouche de toutes ses forces. Puis a relancé les dés, compté les points, et soudain il a gueulé :

— C'est bon, tu peux l'écrire maintenant !

Il m'a lâché la bouche, a croisé les mains derrière la nuque, s'est adossé au mur de la station, et a triomphé en rugissant :

— Oh ! Pavel !

24

La lumière a continué de baisser et de revenir. Le ciel s'est couvert pour de bon, il a fait presque nuit, et soudain ça a éclaté. Le gosse Evdokim est rentré et il est venu s'asseoir avec nous dans la station. Nous avons fermé la porte et la fenêtre et nous avons attendu la fin de l'orage. Sifra s'est allongé et s'est endormi. Ainsi endormi, on lui aurait donné le même âge que le gosse.

Ici ce n'était pas un endroit aussi précieux que l'étang, mais nous y étions bien à l'abri de l'orage. Une fois la porte et la fenêtre fermées on se serait cru dans une maison.

Le gosse Evdokim jouait avec les dés. Pavel et moi avons tenté de blaguer avec lui. Pavel lui a demandé s'il avait bien écrit que Kyabine était un gros con d'Ouzbek. Et moi dans la foulée je lui ai demandé s'il avait écrit que c'était un tricheur. Il ne nous a pas répondu. Il nous a regardés timidement, puis a continué de jouer avec les dés.

Kyabine qui n'avait pas écouté ce qu'on disait, mais avait entendu prononcer son nom, nous a demandé :

– Quoi qu'est-ce que vous racontez ?

J'ai dit :

– Rien, Kyabine.

Kyabine a insisté :

– Si, vous avez parlé de moi.

Et au gosse il a demandé :

– Alors, qu'est-ce qu'ils ont dit ?

Le gosse Evdokim était de plus en plus intimidé, n'importe qui l'aurait été à sa place. Il a essayé de se concentrer sur les dés parce qu'il ne savait pas quoi répondre à Kyabine.

L'orage s'est éloigné. Je me suis levé et je suis sorti. La pluie avait couché les herbes, et ça sentait bon la terre et l'herbe mouillée. Le ciel était bleu au-dessus de la station, et gris vers l'est. Encore un peu plus loin, là où l'orage s'était déplacé, il était noir.

Je suis revenu dans la station. Nous avons réveillé Sifra et nous sommes rentrés. J'ai manqué de tomber en marchant sur les rails. La pluie les avait rendus glissants. Kyabine m'avait vu. Il est monté sur un rail et a tenté de faire mieux que moi. Comme il allait y arriver, je l'ai poussé, et je suis parti en courant.

25

Un peu avant d'arriver à la pile de traverses, Pavel a décidé qu'on pouvait aller à l'étang, qu'il n'y avait en fin de compte pas de risque qu'Ermakov confie le gosse Evdokim à d'autres.

Après la pluie, l'étang nous a paru différent, l'eau plus sombre. Il y avait quelque chose d'étrange. On aurait dit que le lit s'était creusé. Et puis tout autour aussi c'était différent à cause de l'orage. Tout avait un air nouveau et différent, la berge s'était ravinée d'un tas de petits sillons, là où l'eau avait ruisselé, et partout autour et aussi loin qu'on voyait, l'herbe ployait, alourdie par la pluie.

Au-dessus de l'étang le ciel était bleu aussi, comme au-dessus de la station, mais il ne se reflétait pas aussi bleu que ça sur l'eau. L'air était transparent.

Le jour baissait.

On s'est approchés de l'eau.

Le gosse Evdokim y était déjà, il trempait ses mains dedans. Lui c'était la première fois qu'il voyait l'étang. Son air nouveau après l'orage, il ne pouvait pas le voir.

On a senti la vase en s'approchant de l'eau. On se disait rien, je tenais mon fusil par le canon, la crosse posée sur l'épaule, et j'ai relevé la tête pour sentir l'indéfinissable odeur du soir.

Un poisson a sauté vers le milieu de l'étang, et Kyabine a pointé son doigt pour nous montrer l'endroit. On a guetté aux alentours pour voir s'il allait resauter.

26

Nous avions oublié les dés dans la station. Nous n'avons pas cherché à savoir à qui la faute. Nous savions seulement qu'il nous faudrait aller les chercher à la première heure demain avant que quelqu'un ne les trouve.

La tente était assez grande pour cinq. Le gosse Evdokim n'avait pas l'habitude de notre lampe à huile, la fumée lui faisait mal aux yeux.

Kyabine faisait des histoires au sujet de la montre. Je crois que, plutôt, il feignait de ne pas comprendre que c'était à mon tour cette nuit de l'avoir. Je lui ai dit :

– Hier je t'ai acheté ton tour.

Et lui :

– Oui, mais ça va tout décaler.

Je lui ai répondu :

– Arrête, Kyabine, te fous pas de ma gueule, ça va rien décaler du tout.

Ensuite j'ai fait à Pavel :

– Hein, Pavel ?

Et Pavel, calmement, m'a donné raison.

– Kyabine, tu as très bien compris.

Kyabine a abandonné. Il s'est allongé sous sa couverture et n'a plus rien dit.

Mais le problème, c'est que Pavel avait encore la montre sur lui depuis la nuit dernière. Ni lui ni moi ne voulions que Kyabine demande pourquoi c'était Pavel qui l'avait, alors que c'était moi qui avais acheté le tour. Pavel a fait mine de prendre sa boîte de cigarettes, et en fait il a sorti la montre et me l'a passée en douce sous la couverture. Personne n'a rien vu.

Je me suis demandé ce que le gosse Evdokim comprenait à tout ça. Soudain Kyabine s'est redressé et m'a dit :

– J'aurais pas dû te vendre mon tour.

Hein, qu'est-ce que le gosse Evdokim pouvait comprendre à tout ça ?

J'ai éteint la lampe.

27

Pavel m'a réveillé et nous sommes sortis de la tente sans réveiller personne. Cette nuit non plus nous ne sommes pas allés à l'étang. Il avait tellement plu pendant l'orage que nous risquions de revenir mouillés jusqu'à la taille si nous traversions le champ. Et comment nous sécher ensuite?

Nous sommes allés nous asseoir sur les traverses, devant la voie ferrée. J'ai attendu que Pavel s'assoie, et puis je me suis installé sur la traverse juste en dessous de la sienne. C'était une bonne place. J'étais tout près de lui, j'apercevais ses bottes sur ma traverse, mais je ne le gênais pas avec mon regard. Il m'avait à côté de lui et je pouvais attendre sans le déranger que sa terreur s'en aille. Je n'avais pas à me demander si c'était le moment ou pas de m'approcher de lui.

La nuit était claire. L'orage avait nettoyé le ciel. Aussi loin qu'on pouvait les voir, les étoiles brillaient jusqu'à l'horizon.

Une nuit dans la forêt, j'avais vu ce genre de ciel.

Le poêle de Pavel fonctionnait à merveille et il était sûr, on n'avait jamais eu peur que notre cabane prenne feu. Ça, je l'ai déjà dit. Seulement je n'ai pas dit que le foyer était étroit, il fallait sans cesse l'alimenter. Ça ne posait pas de problème pendant la journée, mais la nuit, ça en posait un de taille. Comment faire pour garder le poêle ronflant afin de ne pas geler pendant la nuit ? Nous avons appliqué la méthode militaire. Nous avons divisé la nuit en quatre et ainsi veillé au poêle chacun son tour. Le soir nous faisions une bonne provision de bois à l'intérieur de la cabane pour ne pas avoir à enfiler son manteau et ses bottes et à sortir dans le froid. Mais une nuit il en a manqué. Et c'était mon tour de veille. J'ai enfilé mes bottes et mon manteau, et je suis sorti chercher du bois dans notre réserve. Voilà où je voulais en venir, c'est cette nuit-là dans la forêt que j'avais vu ce ciel.

Derrière moi Pavel était silencieux. Par moments il bougeait et j'entendais sa traverse grincer contre les autres.

Peut-être voulait-il que je lui parle, maintenant.

Je lui ai proposé d'aller jusqu'à la station pour récupérer les dés, histoire de nous occuper et de lui faire oublier son cauchemar. Mais j'avais parlé trop vite. Si nous les ramenions, si nous les avions sur nous demain matin en nous réveillant, comment l'expliquer aux autres ? De toute façon Pavel n'avait rien dit. Je crois qu'il n'avait pas écouté. J'ai recommencé à contempler le ciel.

Mais je n'ai plus pensé au ciel que j'avais vu dans la forêt.

Pavel était toujours silencieux.

Alors brusquement ça m'a repris, cette peur qu'un jour je prenne la place de Sifra dans les rêves de Pavel.

Et le silence de Pavel qui durait et durait tellement que je me suis dit : pourquoi pas, c'est déjà fait, j'ai déjà remplacé Sifra, c'est moi qui tiens le couteau dans son rêve, et il n'ose pas me le dire.

J'ai appelé Pavel tout doucement, sans me retourner :

– Pavel !

– Quoi ?

Un très court instant et :

– C'est toujours Sifra dans ton rêve ?

– Pourquoi ?

– Dis-moi si c'est toujours lui.

– Oui, c'est lui.

Je me suis détendu. Je me suis senti en confiance. Tellement en confiance que j'en ai voulu davantage. Je l'ai interrogé en étant sûr qu'il allait dans la foulée m'engueuler d'avoir posé une question pareille, d'y avoir seulement pensé.

Je lui ai demandé :

– Pavel, et si c'était moi qui te le faisais, je veux dire à la place de Sifra ? Comment on ferait tous les deux ?

Je ne le voyais pas, mais je savais qu'il réfléchissait. Ainsi, au lieu de tout suite m'engueuler d'y avoir seulement pensé, ce que j'avais espéré, au lieu de ça donc, il réfléchissait au fait qu'un jour ça puisse arriver. Ça m'a fait vraiment mal.

Il a dit :

– Je sais pas.

J'ai menti :

– C'est rien, Pavel. Oublie ça.

28

Nous nous sommes levés à la première heure pour aller récupérer les dés dans la station.

Nous les avons vus aussitôt poussée la porte. Ils étaient posés les uns sur les autres, au milieu de la pièce. Kyabine les a pris et les a fait sauter dans sa main. Je suis allé m'asseoir dans un coin et j'ai essayé de dormir parce que j'étais fatigué d'être sorti avec Pavel cette nuit. Je ne me suis pas endormi, mais ça m'a fait du bien de pouvoir fermer les yeux un moment. Quand je les ai rouverts la station était vide, tout le monde était sorti. Je me suis levé et je suis allé sur le quai.

Sifra et le gosse Evdokim étaient assis contre le

mur de la station. Kyabine était accroupi en face d'eux. Son manteau était étalé par terre, et toutes les pièces de son fusil alignées dessus. C'est lui qui faisait la leçon au gosse Evdokim. Kyabine a commencé à remonter chaque pièce jusqu'à ce que Sifra lui dise :

— Attends !

Kyabine a demandé :

— Attends quoi ?

Sifra, doucement :

— Remontre-lui ça !

— Pourquoi ?

— Tu vas trop vite, Kyabine.

Kyabine a repris le ressort du percuteur et l'a lentement remis en place.

Sifra lui a dit :

— C'est bien, va pas plus vite que ça.

J'ai aperçu Pavel au loin dans le champ. Je suis descendu du quai et l'ai rejoint. Nous avons marché ensemble un moment. Quand nous sommes revenus, le fusil était remonté, et Kyabine demandait à Sifra de montrer au gosse ce qu'il savait faire. Il lui disait :

— Fais-le, Sifra, s'il te plaît !

Sifra regardait Kyabine en souriant.

Kyabine a continué :

– Montre-lui ça, Sifra !

J'ai compris de quoi il parlait et j'ai aidé Kyabine à convaincre Sifra de le faire :

– Oui, il a raison, montre-lui, Sifra !

Finalement Sifra a pris son fusil, l'a démonté entièrement et a posé chaque pièce devant lui, soigneusement, et dans un ordre précis. C'était tout le temps le même ordre et vous allez voir pourquoi. Quand Sifra a eu fini d'aligner les pièces, Kyabine a dit au gosse Evdokim :

– Regarde-moi ça maintenant !

Il s'est levé, s'est placé derrière Sifra et lui a mis ses deux grosses mains devant les yeux. Sifra a cherché à tâtons la première pièce à sa droite, et dès qu'il a eu posé la main dessus, ça a commencé.

C'est allé très vite. Il a remonté le fusil à l'aveugle, plus rapidement qu'aucun de nous ne pouvait le faire, alors même que nous, nous avions les pièces sous les yeux. L'habileté de Sifra et sa rapidité, personne dans la compagnie ne les possédait. Peut-être même personne dans la Troisième Armée ne les possédait.

Voilà, c'était fini, le fusil était remonté. Kyabine a ôté ses mains des yeux de Sifra et il a contemplé l'étonnement du gosse Evdokim.

29

Après la démonstration de Sifra, le gosse Evdokim est retourné dans la station. Nous, on est restés assis sur le quai sans rien faire. On était silencieux. On était chacun avec nos pensées. Les miennes étaient que le gosse Evdokim ne nous gênait pas beaucoup. En tout cas, pas autant que nous l'avions redouté au début. Quoi que nous fassions il nous suivait et parlait peu. Je savais que nous l'intimidions.

À ce moment Pavel a dit qu'avant d'aller à l'étang, on pourrait essayer de traverser le champ pour voir où il menait. J'ai passé la tête dans la station. Le gosse Evdokim était dans son carnet. Il a levé les yeux sur moi et je lui ai dit que nous y allions

Nous avons traversé la voie et sommes entrés dans le champ. Nous n'avions pas à trouver l'étang aujourd'hui, alors nous marchions ensemble. Nous avons ôté nos manteaux et les avons jetés sur nos épaules. Nous nous servions de nos fusils comme de faux pour faire tomber les herbes.

Je me suis arrêté, me suis retourné et j'ai pissé en pensant à la chenille de Pavel parce qu'il y avait plein d'insectes dans l'herbe. J'en ai cherché une, de chenille, en train de se faire bouffer par des fourmis. Il n'y en avait pas. Je me suis reboutonné et j'ai levé les yeux. Des oiseaux arrivaient vers nous, ils volaient bas et il m'a semblé que c'étaient des canards. J'ai rejoint les autres en criant qu'il y avait un vol de canards qui allait passer au-dessus de nous. Ils se sont arrêtés et retournés pour les voir. Nous avons empoigné nos fusils à deux mains, et quand les canards sont passés au-dessus de nous, nous avons tiré. Puis nous nous sommes mis à courir en rechargeant. À nouveau nous avons tiré, et sommes repartis en courant. Et nous gueulions furieusement après les canards, rechargions, et tirions. Nos manteaux, jetés sur nos épaules, nous gênaient dans tous nos mouvements. Bientôt le vol a été très loin devant nous, mais nous avons continué à courir et à gueuler comme des perdus après les canards, jusqu'à ce que nous croisions la route.

Nous avons jeté nos manteaux et nos fusils dans le fossé, et nous sommes couchés sur la route pour reprendre notre souffle.

Quand je me suis redressé, le gosse Evdokim sortait du champ. Il est venu s'asseoir parmi nous. Il a demandé :

— Vous en avez eu ?

Pendant un bon moment personne ne lui a répondu. Finalement, Sifra a dit :

— Non, on n'avait aucune chance.

Alors il a dû se demander pourquoi nous avions tiré tant de fois. Pavel, toujours couché sur la route, a sorti sa boîte de cigarettes et en a offert à tout le monde. Le gosse Evdokim n'en a pas voulu. Pavel a rangé sa boîte. Il a allumé sa cigarette et il a demandé au gosse :

— Alors tu écris à ta mère ?

Le gosse Evdokim a été surpris, il a dit :

— Oh non !

Pavel a demandé :

— À qui alors ?

Le gosse Evdokim a hésité, puis il a répondu :

— À personne.

Pavel a roulé sur le côté, a posé le coude sur la route, mis une main sous sa tempe et il a dit :

— Merde alors !

Tout d'un coup il s'est redressé. Il s'est assis et a fixé la route. Au loin une voiture attelée avait surgi d'un coude. Un homme marchait à côté. Il tenait le cheval par la bride. Pavel a continué de fixer l'attelage. Il s'est levé, s'est dirigé vers le fossé et il a saisi son fusil, et tranquillement il est parti au-devant du chariot. Quand il a été près de le rejoindre, l'homme a arrêté le cheval et a tendu la main vers Pavel. Pavel a passé le fusil à la bretelle et lui a serré la main.

On ne pouvait rien entendre d'ici, ils discutaient et ça a duré un long moment. Brusquement l'homme a tiré sur la bride et cherché à faire tourner le cheval sur la route pour retourner là d'où il venait. Pavel s'est reculé, il a saisi son fusil et l'a pointé vers l'homme, qui a lâché la bride.

30

Nous retraversions le champ vers la station.
Kyabine avait voulu monter sur le cheval en premier. Il se cramponnait à la crinière et regardait
devant lui. Il avait un air très sérieux. Parfois il
essayait de se dresser pour voir encore plus loin
devant. Mais à chaque fois il manquait de perdre
son équilibre. C'est Sifra qui tenait le cheval par la
bride, et le gosse Evdokim qui portait le fusil et le
manteau de Kyabine.

D'un seul coup Kyabine a lancé, comme si c'était
quelque chose d'extraordinaire :

— Je vois la station !

Et ensuite comme si, en apercevant la station de
chemin de fer, il venait d'atteindre le but de sa
promenade à cheval, il a dit à Sifra :

– Arrête-toi, Sifra !

Sifra a arrêté le cheval et Kyabine a passé une jambe au-dessus de la croupe. Il s'est laissé glisser à terre et il a saisi la bride. Il a dit :

– À toi, Sifra !

Sifra a tendu son fusil au gosse Evdokim, et moi je l'ai aidé à monter. Et il s'est mis à trembler, Sifra. J'ai serré sa cheville aussi longtemps que j'ai pu. Puis tout doucement je l'ai relâchée, et le voilà grimpé sur le cheval.

Kyabine a demandé :

– C'est bon, tu te tiens ?

Sifra a murmuré que oui.

Kyabine a tiré sur la bride, le cheval s'est mis en marche, et Sifra s'est cramponné de toutes ses forces à la crinière et a dit à Kyabine, suppliant, d'aller moins vite.

Alors Kyabine a ralenti l'allure, et Sifra tout doucement s'est redressé sur le cheval, et finalement s'est tourné, et il a souri vers nous.

Alors moi à ce moment-là, écoutez, j'ai contemplé le sourire plein de confiance de Sifra, parce qu'à présent Kyabine menait le cheval comme il faut. Et j'ai contemplé la démarche lente et rassurante de

Kyabine, et Pavel était là aussi qui marchait à côté de moi, alors j'ai été tout d'un coup plein d'émotion parce que chacun était à sa place, et parce qu'il m'a semblé aussi qu'à cet instant chacun de nous était très loin de l'hiver dans la forêt. Et que chacun de nous était aussi très loin de la guerre qui allait reprendre parce que l'hiver était fini.

J'ai détourné les yeux, j'ai regardé le champ et le ciel, et la silhouette de Pavel a continué d'avancer à côté de moi.

31

Est arrivé mon tour de me promener à cheval, mais je n'ai pas eu de chance. Kyabine tenait la bride, et Sifra mon pied. Je me suis hissé, mais le cheval est parti tout d'un coup en avant. Kyabine a lâché la bride et je suis tombé. Puis Kyabine s'est relevé et il a couru derrière le cheval. Ils ont disparu tous les deux. Kyabine est revenu en sueur un long moment après, sans le cheval, triste comme tout.

Nous lui avons dit que ce n'était pas sa faute, que personne n'avait assez de force pour retenir un cheval, et nous avons pris la direction de l'étang.

Vers midi Kyabine et le gosse Evdokim sont partis au camp chercher le repas. En les attendant, Pavel,

Sifra et moi avons joué aux dés. Sans rien miser. On essayait seulement de réussir des combinaisons compliquées.

Kyabine et le gosse Evdokim sont revenus du camp avec le repas. Le gosse Evdokim portait nos gamelles et nos couverts, Kyabine portait la grande gamelle qu'il avait creusée dans une souche cet hiver. Il est arrivé sur la berge tout excité en nous demandant si nous savions ce que nous allions manger. Nous l'avons deviné tout de suite. Bien sûr c'était le cochon. Et il y avait aussi les vieilles pommes de terre, et des haricots. C'était un bon ragoût, et il était encore tiède parce que Kyabine et le gosse Evdokim s'étaient dépêchés de revenir. Nous avons tout mangé et avons sucé les os.

Pavel a dit soudain en mimant l'apitoiement :

— Il y a deux gars du régiment Chouïski qui rêvent de rentrer chez eux pour manger du cochon.

J'ai dit :

— Pauvres gars.

Kyabine a dit :

— Y mangeront du poulet, la femme elle avait un poulet.

117

On s'est levés et on a jeté les os dans l'étang. On s'attendait à ce que des tas de poissons arrivent dessus. En fait il n'en est arrivé qu'une paire, et qui tranquillement ont tourné autour.

Pavel et moi on est retournés s'allonger. Sifra a ôté ses bottes et entamé le tour de l'étang, les pieds dans l'eau. Kyabine, lui, a lavé la grande gamelle, puis il est entré dans l'étang et s'en est servi pour pêcher. Il l'enfonçait lentement dans l'eau jusqu'à ce qu'elle se remplisse, et vivement la ressortait et regardait s'il y avait un poisson dedans.

Le gosse Evdokim était allé s'asseoir dans l'herbe derrière nous. Nous l'avons entendu sortir son carnet. Au bout d'un moment, Pavel lui a demandé, sans se retourner :

– Alors, dis-moi voir, à qui tu écris si c'est pas à ta mère ?

On aurait dit qu'il s'y attendait, le gosse Evdokim, parce qu'il a répondu très vite, et avec enthousiasme :

– À moi.

Pavel m'a interrogé du regard. Mais quoi lui dire ?

Ensuite, et toujours sans le regarder, Pavel a

demandé au gosse Evdokim ce que c'était au juste, ce qu'il écrivait.

Mais c'est Kyabine qui lui a répondu. On croyait qu'il était absorbé par sa pêche. Mais il écoutait. Il a répondu à Pavel :

– Hier il a écrit que j'avais gagné aux dés.

Et Pavel :

– Ta gueule, Kyabine !

Kyabine s'est mis à rire.

Pavel a redemandé :

– Alors quoi, qu'est-ce que c'est au juste ?

Le gosse Evdokim a dit :

– Des choses que je vois.

Pavel en secouant la tête :

– Bon Dieu, tout ce qu'on voit dans une journée !

Soudain nous n'en croyions pas nos yeux. Kyabine était là, accroupi devant nous et tenait sur ses genoux la grande gamelle où nageait un poisson plus petit que la moitié de la main. Kyabine nous regardait, et ne semblait pas y croire non plus, et il a crié à Sifra qui était de l'autre côté de l'étang :

– Oh, viens vite voir, Sifra !

– Pourquoi ?

– J'en ai eu un !

Sifra est arrivé, il a regardé le poisson et il a complimenté Kyabine.

Kyabine ne voulait rien savoir. Son poisson, il voulait le faire cuire et le manger. Même Sifra a essayé de l'en dissuader :

— Il en restera rien de ton poisson quand tu l'auras cuit.

Kyabine a dit :

— Pourquoi il en resterait rien ?

Il a posé la grande gamelle devant lui, s'est relevé, et il est allé chercher des pierres autour de l'étang. Il a fait plusieurs voyages, a fabriqué un foyer et posé une pierre plate par-dessus. Mais le problème, c'est qu'il n'y avait pas de bois ici. Alors il est allé dans le champ et il est revenu avec dans les bras un tas d'herbe à moitié sèche. Il a sorti le poisson de l'eau, lui a frappé la tête sur la pierre plate et l'a posé dessus. Il a pris une poignée d'herbe, l'a enflammée et l'a glissée entre les pierres du foyer. Elle faisait plus de fumée que de flammes et s'est consumée très vite. Il en a repris et l'a glissée dans le foyer. Bien une douzaine de fois comme ça.

La pierre plate a commencé à chauffer, le poisson

s'est mis à grésiller et à fumer. Mais de l'herbe, Kyabine n'en avait presque plus. Il s'est rué dans le champ et il est vite revenu avec une nouvelle brassée. Il a réalimenté le foyer et a soufflé dessus. À présent nous sentions l'odeur du poisson grillé. Il l'a saisi par la queue et l'a retourné.

Depuis qu'il avait commencé, Kyabine n'avait pas eu un regard pour nous. Toute l'attention et l'intelligence qu'il possédait, il les avait rassemblées et tendues et tournées exclusivement vers la cuisson de son poisson. Il ne lui restait plus rien pour autre chose.

Nous le savions, nous faisions attention.

Nous étions assis et l'observions sans bouger.

Le gosse Evdokim avait rangé son carnet et nous avait rejoints quand il avait vu la fumée commencer à monter.

Kyabine s'était allongé à plat ventre, il avait son tas d'herbe à portée de main dans lequel il piochait, et qui diminuait, diminuait. Soudain il n'en a plus eu, le foyer s'est éteint, et Kyabine s'est redressé, a regardé son poisson, l'a pris entre deux doigts, l'a plongé dans l'eau de la gamelle pour le refroidir, et l'a mangé en trois bouchées, la tête et les arêtes, avec un air méditatif entre chaque bouchée. Après quoi, sans regarder personne, il est allé se laver les mains dans l'étang, et il est revenu s'allonger parmi nous.

32

Nous avons profité de l'étang tout l'après-midi. Nous n'avons rien fait que discuter et dormir, et nous réveiller, nous chauffer au soleil et discuter. Étrangement, Kyabine n'a pas tenté d'attraper d'autre poisson. Je le voyais par moments contempler la surface de l'eau, d'un air heureux et mystérieux. Je me demandais quel goût avait eu son poisson.

Quand s'est approchée l'heure de rentrer au camp, Pavel a proposé d'aller jusqu'au camp de Kossarenko, dire bonjour à des gars que nous avions connus dans la forêt cet hiver.

La compagnie de Kossarenko avait construit ses cabanes dans une clairière à une heure de marche de la nôtre. En allant chercher du bois sec nous avions plusieurs fois rencontré les mêmes gars qui faisaient la même chose que nous. Alors, assis sur des souches, on avait fumé des cigarettes ensemble en discutant de la façon dont on chauffait nos cabanes. Ensuite on discutait de nos compagnies. On cherchait à savoir dans laquelle il valait mieux être. On s'apercevait vite qu'il y avait du bon et du moins bon dans chacune, que c'était difficile de choisir, et que finalement ça n'avait pas beaucoup d'importance. Que l'hiver finisse et que nous sortions de la forêt, voilà les seules choses qui en avaient, de l'importance, et qui nous mettaient tous d'accord.

On est partis.

On était dans le champ, en route vers la compagnie de Kossarenko. J'avais passé mon fusil au gosse Evdokim pour qu'il apprenne à le porter réglementairement sur l'épaule. Ça lui plaisait, et moi je me sentais léger.

On a entendu bouger dans l'herbe et on s'est retournés. On est restés frappés de stupeur. Le cheval était derrière nous. On ne voyait que sa tête et son encolure au-dessus des herbes. Il était couvert de sueur blanche. Il avait un air sauvage, il était très beau, il n'avait plus l'air d'un cheval qui tire une voiture. Son encolure se soulevait et se gonflait. On aurait presque pu l'entendre respirer. Et je vous dis que c'était la beauté même qui venait soudain de surgir et qui nous frappait de stupeur et nous fermait la bouche.

Pavel a lentement posé son fusil par terre, il a fait signe à Kyabine et Sifra d'en faire autant, et il a murmuré au gosse Evdokim de les garder et de nous attendre.

Au signal de Pavel on s'est rués vers le cheval, en s'écartant les uns des autres pour le prendre à revers. On aurait dû laisser aussi nos manteaux au gosse Evdokim, c'était difficile de courir avec. Quand on a été presque sur lui, le cheval a soudain pivoté et il est parti, rapide, en bondissant par-dessus les herbes.

On a couru de plus belle.

Sifra et moi, on était aux extrémités, c'était à nous de courir le plus vite et de nous rabattre pour le prendre à revers.

On s'est de plus en plus écartés.

Parfois on s'apercevait.

Mais on a fini par se perdre de vue.

33

Alors je n'ai plus su où j'étais.

Je ne savais plus où était le cheval et où couraient les autres.

Je me suis arrêté, je suis resté immobile et j'ai tendu l'oreille pour essayer d'écouter et de situer où la poursuite continuait. Mais mon Dieu, ce silence, on aurait dit que le champ était vide.

J'ai attendu et j'ai lentement tourné la tête afin de capter dans d'autres directions le moindre bruit de poursuite, et toujours ce silence, et on aurait dit, c'est étrange, ça m'est venu soudain, on aurait dit qu'à nouveau j'étais seul dans le monde.

Alors j'ai pensé : mes parents, ne croyez pas ce que vous voyez. Je leur ai dit : il y a Pavel, Kyabine et Sifra qui sont quelque part dans le champ, ne vous en faites pas.

Je me suis assis dans l'herbe.

J'ai regardé tomber le soir entre les herbes, et au bout d'un moment j'ai baissé la tête et je me suis mis à sangloter, mais croyez-moi, c'était pas du chagrin.

J'ai dit : mes parents, vous me regarderez tout à l'heure, oh vous verrez, je vais me relever et je vais aller les retrouver là où est le gosse Evdokim, il garde nos fusils, c'est pas loin d'ici.

Et maintenant, je les tenais dans mes bras tous les deux, et je sanglotais en les serrant contre moi, et je jure que c'était pas du chagrin.

34

On est revenus les uns après les autres près du gosse Evdokim. Il nous attendait, et nous a tendu nos fusils.

On est repartis dans le crépuscule.

Quand on est arrivés à la voie de chemin de fer, le soleil déclinait de plus en plus vite, bientôt il allait toucher l'horizon. Il était trop tard pour aller voir la compagnie de Kossarenko. Le cuisinier n'allait pas nous attendre avec sa louche. Peu après qu'on a pris la direction du camp, on s'est souvenus du ragoût et on s'est mis à courir.

On est arrivés à temps.

Pendant qu'on mangeait le ragoût de cochon, de

pommes de terre et de haricots, assis devant la tente, Pavel a demandé à Kyabine :

– Quoi, tu as encore faim ?

Bien sûr c'était rapport au poisson minuscule qu'il avait déjà mangé à l'étang. Kyabine est resté impassible.

Pavel a dit :

– Hé, deux repas à la suite ! Tu vas être malade, mon Kyabine.

Kyabine l'a dévisagé fièrement. Puis il a dit d'une voix sûre :

– Non, je serai pas malade.

Maintenant que la nuit arrivait, le ragoût était mangé. Nous avions le ventre plein. Nous écoutions les bruits du camp, paisiblement assis sur nos traverses. Il y en avait quelque part qui ferraillaient on ne savait quoi. Des voix s'élevaient et il y avait le bois qui craquait chez ceux qui avaient fait du feu. Dans le bois de sapins on entendait les merles mauvis.

Kyabine se frottait les joues de sa main droite. Il avait un air heureux et impénétrable. Il a regardé chacun de nous tour à tour, puis il a fixé la caisse en bois retournée. Sa main a glissé sur sa nuque et il a regardé le ciel. Il a commencé à rire tout seul, s'est arrêté et de nouveau nous a observés.

Au bout d'un bon moment il a demandé :

– Vous savez quoi ?

Nous lui avons répondu que non, on savait pas.

Il a baissé la tête pour contenir son rire. Quand il l'a relevée, son cou était rouge et ses yeux exorbités. Je lui ai demandé :

– Alors quoi, Kyabine ?

Il a soufflé un son rauque.

J'ai dit :

– Vas-y, Kyabine !

Il a pris son souffle et il a laissé éclater tout d'un coup d'une voix de tonnerre :

– Il y a un cochon avec des nageoires dans mon ventre.

Nous rions jusqu'à la fin de la guerre.

35

Il y avait un matelas d'herbe dans la tente. Quand nous l'avions coupée elle était verte. Maintenant elle avait séché. Il nous fallait faire très attention avec la lampe à huile. Car l'herbe et nos couvertures pouvaient s'enflammer. Après avoir échappé au feu de cabane tout l'hiver, ç'aurait été un manque de chance que ça nous arrive maintenant. Voilà pourquoi nous suspendions toujours la lampe au piquet central, à une bonne hauteur. La flamme était jaune. Les courants d'air la faisaient trembler.

Quand nous avions tapissé le sol d'herbe, nous n'avions pas oublié qu'elle allait sécher et se tasser sous notre poids. Nous en avions mis tout de suite une grande quantité. On avait pris le temps, et on avait eu raison. Notre matelas s'était tassé mais il était encore bien épais.

Pavel et moi étions installés d'un côté du piquet central, Sifra et Kyabine de l'autre. Le gosse Evdokim avait trouvé une place contre la toile, à côté de Kyabine.

Nous étions au chaud sous les manteaux et les couvertures. Quand nous nous installions pour la nuit, au début notre haleine était blanche parce qu'on n'était qu'au début du printemps. Mais au bout d'un moment, grâce à notre chaleur et à la flamme de la lampe, l'air dans la tente se réchauffait et notre haleine devenait invisible.

C'était au tour de Pavel de dormir avec la montre. Je l'ai sortie de ma poche et la lui ai passée. Il l'a posée sur le matelas d'herbe, à côté de sa tête.

Kyabine nous avait observés. Il a demandé à Pavel :

– Embrasse-la pour moi, tu veux ?

Pavel a repris la montre et la lui a lancée.

– Vas-y toi, Kyabine.

Kyabine s'est redressé et a cherché la montre sur sa couverture. Il l'a ouverte et l'a embrassée avec passion.

Nous l'avons regardé faire en souriant, puis comme il ne semblait pas pouvoir s'arrêter, Pavel a tendu la main vers lui et lui a dit :

– Allez c'est bon, rends-la-moi à présent.

Kyabine a refermé la montre et la lui a rendue. Pavel l'a remise à sa place près de sa tête.

Le gosse Evdokim a demandé à Kyabine :

– Qu'est-ce que c'est ?

Kyabine ne savait pas comment répondre. Pavel a dit à sa place :

– C'est une montre.

Kyabine a répété :

– C'est ça, c'est une montre.

Le gosse Evdokim devait penser : ainsi les soldats de l'Armée rouge embrassent les montres avant de s'endormir. Ça ne m'a pas plu. J'ai demandé à Pavel de me la passer un moment. Je l'ai ouverte et l'ai tendue vers le gosse pour qu'il voie la photographie à l'intérieur. Ensuite je l'ai refermée et l'ai redonnée à Pavel en expliquant au gosse que c'était uniquement la photographie de la femme qui nous intéressait. Que c'était agréable de dormir avec et qu'elle nous portait chance. Là-dessus j'ai soufflé la lampe et me suis couvert avec la couverture.

Pendant un moment on n'a plus rien entendu, puis dans l'obscurité, Pavel a demandé :

– Alors dis-moi, mon gars, qu'est-ce que tu as vu aujourd'hui ?

C'était au gosse Evdokim qu'il s'adressait, c'était au sujet des choses qu'il écrivait dans son carnet. Le gosse a voulu prendre son temps avant de répondre. Pavel l'a pressé :

– Alors ?

Le gosse a dit :

– J'ai écrit qu'on avait couru après des canards.

Pavel a demandé :

– Et qu'on avait tiré dessus ?

Le gosse a répondu :

– Oui.

Il a ajouté avec précaution :

– Et que vous les aviez ratés.

Pavel a dit :

– C'est la vérité.

Et ensuite il a demandé :

– Est-ce que tu as dit qu'on avait volé un cheval ?

J'ai entendu l'herbe sèche se tasser sous les épaules du gosse. Il a soufflé avec gêne :

– Oui je l'ai dit.

Pavel, tranquillement :

— Ça aussi c'est la vérité.

Ça avait dû le rassurer, le gosse Evdokim, car nous l'avons entendu se dresser sur un coude, et nous expliquer :

— Et j'ai dit qu'avant que tout le monde fasse un tour dessus, il s'était échappé et que c'était dommage.

Nous l'avons tous approuvé en silence.

Brusquement Kyabine s'y est mis :

— Est-ce que tu as dit à quelle vitesse Sifra remonte son fusil ?

Le gosse Evdokim a répondu :

— Non, pas ça.

Kyabine a laissé échapper avec beaucoup de déception :

— Merde, tu aurais dû. Tout le monde sait remonter un fusil, mais personne à la vitesse de Sifra, et en plus sans voir les pièces.

Puis il s'est adressé à Sifra :

— Hein, tu aurais pas aimé qu'il le dise ?

Sifra a répondu de sa voix douce :

— Je sais pas.

Kyabine, tristement :

– Oh Sifra !

Alors, pour ne pas faire de peine à Kyabine, Sifra a dit :

– D'accord, Kyabine, je veux bien qu'il le dise.

– Oh, c'est vrai ?

– Oui, Kyabine.

Kyabine a dit au gosse Evdokim, avec ardeur :

– Tu as entendu, ça lui plairait !

– Oui.

– Alors t'oublieras pas ?

– Non, j'oublierai pas.

La satisfaction de Kyabine a flotté dans la tente comme de la vapeur, et on n'a plus entendu personne.

Le gosse Evdokim semblait attendre que l'un d'entre nous s'adresse encore à lui. Mais, comme rien ne venait, que personne ne s'y mettait, il s'est allongé et n'a plus bougé.

Le silence et l'obscurité nous couvraient.

Et soudain, presque dans un murmure :

– J'ai écrit à la fin qu'on avait passé une bonne journée.

C'était très étrange et doux de l'entendre dire, car tout simplement mon Dieu, c'était vrai, nous avions passé une bonne journée. J'aurais aimé que la lampe soit encore allumée pour voir l'effet sur Pavel, Kyabine et Sifra.

J'ai pensé que plus personne ne parlerait, ce soir, et que sans doute chacun de nous à ce moment-là songeait à ce que le gosse Evdokim avait écrit dans son carnet. Étant donné que c'était le dernier sujet de conversation de la journée, et parce qu'aucun de nous quatre ne savait écrire. J'étais le seul, je le savais, à avoir des rudiments. Mais ça n'allait pas loin, je connaissais seulement certaines lettres. Celles qui étaient peintes en rouge sur les troncs quand ils arrivaient à la scierie d'Ovanès. Elles désignaient la provenance du bois. Il y avait une lettre différente par district. C'est comme ça que je les connaissais.

Il y avait longtemps que je ne m'en étais pas servi, de ces lettres. Mais elles m'étaient toujours familières. Elles me sautaient tout le temps aux yeux quand elles apparaissaient quelque part. Sur les caisses de munitions ou sur les flancs des camions, il y avait toujours des inscriptions. Je ne comprenais pas le sens de l'inscription, mais la lettre que je connaissais, elle me sautait aux yeux du premier coup, et c'est drôle, je me demandais tout le temps ce qu'elle faisait là. Et tout de suite après j'entendais, lointain comme si ça se passait derrière un mur, j'entendais la scie à ruban d'Ovanès.

36

À peine étions-nous levés que Kyabine a commencé à s'activer. Il avait passé le fusil de Sifra en
bandoulière et il époussetait sa couverture. Je l'ai
regardé faire en me demandant ce qui lui prenait,
et je tapais du pied parce qu'il faisait froid ce
matin. Autour de nous, de la vapeur montait des
tentes et des feux s'allumaient pour faire bouillir
l'eau.

Pavel était debout à côté de moi, le manteau
boutonné jusqu'au cou. Il a demandé :

– Qu'est-ce que tu fous, Kyabine ?

Kyabine n'a pas répondu. Avec le plat de la main
il lissait à présent sa couverture dont il avait recou-
vert la caisse en bois posée entre nos traverses.

Quand Sifra est revenu de pisser derrière la tente, Kyabine lui a dit, désignant une des traverses :

— Assieds-toi là, Sifra.

Sifra lui a demandé :

— Pourquoi ?

Kyabine a dit :

— Oh s'il te plaît !

Sifra s'est assis sur la traverse, et Kyabine lui a dit d'attendre, et ensuite il a appelé le gosse Evdokim qui était encore dans la tente. Le gosse est arrivé et Kyabine lui a désigné la traverse en face de Sifra. Là-dessus il a posé le fusil de Sifra sur la caisse en bois recouverte de la couverture et il a dit :

— Vas-y encore, Sifra, que le gosse voie encore une fois comment tu fais.

Tout le monde avait compris maintenant.

Sifra s'est exécuté gentiment. Il a démonté son fusil et aligné avec soin les pièces sur la couverture. Kyabine est passé derrière lui, et au moment de poser les mains sur les yeux de Sifra, il a dit au gosse Evdokim :

— Regarde encore une fois, parce que je veux pas que tu oublies rien, je veux que tu écrives comment

Sifra s'y prend exactement. Son habileté et tout, tu comprends ?

Le gosse Evdokim a fait un signe de tête. Kyabine est passé derrière Sifra et lui a mis les mains devant les yeux. Sifra a cherché à tâtons la première pièce, et ça a commencé. Les doigts habiles de Sifra se sont mis au travail. Jusqu'à la fin Kyabine a surveillé le gosse afin d'être sûr qu'il n'en perdait rien. Quand le fusil a été remonté, il a posé ses grosses mains sur les épaules de Sifra et a interrogé le gosse Evdokim du regard. Il voulait être sûr qu'il avait bien suivi la prouesse de Sifra, du début à la fin. Le gosse Evdokim a incliné la tête et a dit :

– C'est bon.

Kyabine a demandé :

– C'est vrai, tu as tout bien regardé ?

Le gosse Evdokim a répondu :

– Oui.

Kyabine s'est penché sur Sifra et lui a dit :

– Tu me l'as dit hier, que ça te plairait.

Sifra a répondu :

– Oui, Kyabine.

Kyabine a demandé au gosse Evdokim :

– Quand est-ce que tu vas l'écrire ?

– Ce matin.

– Tu t'en souviendras ?

– Sûr.

Kyabine a précisé :

– Je veux dire tous les détails.

Le gosse Evdokim a touché son front avec son index pour dire que tous les détails étaient là.

37

Mais tout d'un coup il est arrivé des bruits d'un peu partout dans le camp. Ça s'est mis à bouger et à discuter devant les tentes. Notre commandant est apparu devant le bureau de la compagnie. Le sergent Ermakov était avec lui. Nous avons tendu l'oreille pour essayer de comprendre. Enfin la nouvelle nous est parvenue. Nous partions ce soir, une heure après la compagnie de Kossarenko, que nous devions suivre de loin. L'ordre de l'état-major était arrivé cette nuit. Nous avons baissé les yeux comme si nous étions en faute. J'avais seulement eu le temps de voir le cou de Kyabine rougir. Nous avons gardé le regard baissé et sommes rentrés en nous-mêmes, tendus et immobiles.

Soudain Kyabine a demandé, dodelinant de la tête, et d'une voix pleine de crainte :

– Quoi, quand est-ce qu'on s'en va ?

Il l'avait très bien entendu, comme nous. Mais il avait besoin que l'un d'entre nous lui confirme. C'est moi qui l'ai fait :

– On s'en va ce soir, Kyabine.

Ensuite, et jusqu'à ce que Pavel prenne la parole, chacun a repris ses pensées. Nous sommes restés ainsi loin les uns des autres.

Mais heureusement Pavel a dit :

– Allons à l'étang, maintenant.

Nous avons pris nos fusils et nous avons quitté le camp rapidement et en essayant de passer inaperçus. Ce n'était pas le moment que le sergent Ermakov nous voie et nous envoie démonter le bureau de la compagnie ou la cuisine, ou autre chose qu'il y avait à faire quand on levait le camp.

Personne n'a parlé jusqu'à l'étang.

Je marchais derrière Pavel et mon cœur battait à toute vitesse. Nous avons traversé le champ en nous foutant bien de l'herbe que nous écrasions. Nous pouvions désormais y ouvrir une route. Qui découvrirait l'étang et viendrait l'occuper à notre place maintenant? Plus personne de la compagnie en tout cas.

Nous marchions vite et j'entendais le gosse Evdokim trotter derrière moi.

Nous sommes arrivés à l'étang et sommes restés là sans bouger, debout à regarder vers la berge en face. Le cheval que nous avions volé hier était couché sur le flanc. Sa tête était à moitié dans l'eau. Il avait dû courir encore longtemps après qu'on l'avait laissé s'enfuir finalement. Il était venu ici et il avait crevé parce que personne ne l'avait retenu de boire tout de suite après avoir couru si longtemps.

Des chevaux morts, nous en avions déjà vu un si grand nombre, croyez-moi, qu'ils auraient pu recouvrir toute l'étendue du champ entre la voie de chemin de fer et la route si on les avait transportés ici. Et je vous dirai qu'avec toutes les mules mortes que nous avions vues aussi, on aurait réussi à recouvrir tous ces chevaux.

Et pourtant celui-ci nous impressionnait plus qu'un champ de chevaux morts.

Nous avons senti qu'il fallait faire vite. Nous avons fait le tour de l'étang. Nous avons empoigné le cheval chacun par une patte et avons tiré de toutes nos forces. Nous l'avons reculé d'à peine un mètre et nous avons repris notre souffle. Le gosse Evdokim était resté là-bas et nous observait. Je n'ai pas pensé à lui demander de nous aider. Aucun de nous n'y a pensé. De nouveau nous avons empoigné les pattes. Mètre après mètre nous avons éloigné le cheval de l'étang. Jusqu'à ce que finalement il nous semble qu'il était assez loin et que les herbes nous le masqueraient quand nous irions nous asseoir sur notre berge.

Cependant on est restés encore un peu là. On ne voyait plus l'étang ni rien, d'où on était. On reprenait notre souffle. À cet instant j'ai regardé le ciel au-dessus de nous. Mais j'ai continué de voir Pavel, Kyabine et Sifra et le cheval entre nous, et ça m'a traversé l'esprit très vite que rien n'existait soudain plus qu'un cheval mort sous le ciel, et nous quatre.

Quand nous sommes revenus sur notre berge, Pavel s'est mis tout d'un coup à hurler au gosse Evdokim pourquoi il n'était pas venu nous aider. C'était injuste mais je n'ai rien dit, et le gosse Evdokim roulait les yeux vers moi avec désespoir. Et Pavel de lui demander, hurlant de plus en plus fort, s'il savait où étaient tous les chevaux morts à présent. Ce qu'ils étaient devenus puisque personne n'avait encore jamais pensé à les enterrer ? Il fallait bien qu'ils soient quelque part, tous ces chevaux morts que nous avions vus tout le temps partout.

Voilà ce que demandait Pavel avec désespoir maintenant, et en se frottant furieusement la nuque, et le gosse Evdokim continuait de rouler des yeux désemparés, et il n'osait même pas dire à Pavel qu'il n'en savait rien.

Pendant ce temps-là, Sifra regardait devant lui si tristement qu'on aurait dit qu'il allait se mettre à sangloter. Je ne crois pas que j'avais jamais vu Sifra si triste. Et Kyabine, lui, avait la bouche ouverte, et le regard encore plus débile que d'habitude, et on voyait bien qu'il essayait de comprendre ce qu'il se passait, pourquoi Pavel disait tout ça et où il voulait en venir. Et soudain à l'expression de son visage, je parle de Kyabine, j'ai compris qu'il s'était mis à réfléchir à la question de Pavel sur les chevaux morts, à chercher une réponse pour essayer de sauver le gosse Evdokim en répondant à sa place. Puis d'un seul coup Kyabine a dit à Pavel, d'une voix qui tremblait, que personne ne pouvait savoir où

étaient les chevaux morts, encore moins le gosse
Evdokim, et alors le gosse Evdokim a regardé
Kyabine comme s'il venait de lui tirer la tête hors
de l'eau.

J'ai pensé que Pavel allait s'en prendre à Kyabine,
qu'il allait lui hurler de la fermer, qu'il n'était qu'un
gros con d'Ouzbek. Mais non, il n'a rien dit, il n'a
pas gueulé, ça l'a calmé au contraire, ça lui a fait
du bien. Il a eu l'air de se détendre. Il a croisé les
mains derrière sa nuque, il a resserré les coudes
contre ses joues et il a regardé l'eau en tirant la
nuque en arrière.

Pendant un moment on est tous resté immobiles
debout sur la berge, comme on était.

38

La surface de l'étang était calme et d'un vert
brillant, mais surtout incroyablement calme et j'ai
pensé que c'était une chance parce que c'était sûrement ainsi que je m'en souviendrais tout le temps,
étant donné que c'était la dernière fois que nous
y venions. Pour être sûr de l'emmener avec moi
partout aussi calme et brillant, je l'ai parcouru du
regard, lentement et avec une très grande attention.
Quand je suis arrivé à l'endroit où la tête du cheval
reposait dans l'eau tout à l'heure, j'ai compris que
ça aussi je l'emmènerais avec moi, et que je n'y
pouvais rien.

Mon regard a bouclé le tour de l'étang et ensuite

je me suis allongé sur le dos et j'ai fermé les yeux. L'air était immobile et tiède.

Tout d'un coup j'ai réalisé que je n'avais pas encore eu le temps de me souvenir de cette nuit. De me rappeler où nous étions allés avec Pavel et si j'avais trouvé cette fois des choses à lui dire pour le consoler. Je me suis mis à y réfléchir.

Mais comme rien ne venait, je me suis redressé et j'ai regardé Pavel en pensant que ça allait m'aider à m'en souvenir. Je l'ai dévisagé, mais toujours rien. Alors j'ai pensé que tout simplement nous n'étions pas sortis cette nuit.

Oui c'était ça, tout me revenait. Il avait touché mon bras au milieu de la nuit, et comme je commençais à me relever pour sortir avec lui, il avait tiré sur mon épaule pour me dire qu'il préférait autant rester là. Je m'étais recouché et j'avais dû très vite me rendormir, parce que le reste, je ne m'en souvenais plus.

À ce moment-là Pavel a demandé où était passé le gosse Evdokim. Nous avons regardé autour de nous. Puis Kyabine l'a appelé de sa voix de tonnerre. Il a surgi des herbes du champ presque aussitôt. Il est venu s'asseoir sur la berge avec nous. Il avait

encore un peu de cet air affolé et désespéré quand
Pavel lui avait gueulé dessus à propos du cheval, et
des chevaux morts. Il avait ouvert sa veste et sorti
sa chemise de marine de son pantalon. Pavel lui a
dit, mais sans le regarder, immobile et fixant la
surface de l'eau :

– Écoute-moi, s'il y a une chose que tu dois
écrire, c'est qu'on est tous tristes et tout de partir et
de plus pouvoir revenir ici.

Le gosse Evdokim avait ouvert la bouche. Mais
il ne disait rien. Pavel lui a demandé :

– Tu as entendu ?

Le gosse Evdokim a branlé la tête et Pavel a dit
encore :

– C'est ça, on est tristes et tout parce qu'ici on a
passé de bons moments, de sacrés bons moments, et
on sait qu'on n'en passera plus, et où on va non
plus, on n'en passera plus de bons moments, tout ça
maintenant c'est derrière nous, tu as compris, et
c'est ce que tu dois écrire.

Puis il s'est tourné vers le gosse Evdokim et lui
a souri avec bienveillance, et d'une voix tendue il a
dit :

– Oui, ça on aimerait que tu l'écrives.

Là-dessus il s'est tu, il a porté son regard sur l'étang et d'un geste lent il a sorti sa boîte de cigarettes. Mais il ne l'a pas ouverte, il l'a gardée dans sa main.

Le gosse Evdokim avait perdu cet air désespéré, et regardait Pavel comme s'il avait été son commandant de brigade ou même son propre père, avec dans le coin des lèvres et dans les yeux une expression de reconnaissance, et c'était touchant de le voir.

Kyabine, Sifra et moi, on ne disait rien.

Quoi dire étant donné que Pavel l'avait fait pour nous et que c'était exactement ce qu'à présent on voulait nous aussi ? Oui, que le gosse Evdokim parle de ça, de l'étang et tout, de tous les bons moments que nous avions passés ici.

Un long silence s'est installé parce que Pavel ne parlait plus, et qu'immobile il gardait toujours sa boîte de cigarettes dans la main, et que nous non plus on ne parlait pas, ainsi c'était complètement silencieux parce que ce matin il n'y avait pas le moindre souffle de vent.

39

Mais Pavel a dit au gosse Evdokim d'attendre avant de commencer, étant donné qu'il ne savait pas tout ce qu'on y avait fait, à l'étang.

On s'est concertés en se regardant.

Puis on s'y est mis. On a raconté au gosse Evdokim ce qu'il n'avait pas vu, tout ce que nous avions fait à l'étang avant que le sergent Ermakov nous le confie. Sauf Sifra qui n'a rien dit mais qui semblait quand même content lorsqu'il était question de lui, et à un moment vraiment heureux quand j'ai dit que c'est lui qui avait eu la riche idée de laver nos couvertures dans l'étang.

Le gosse Evdokim nous écoutait.

Il vrillait son regard dans celui qui parlait.

Il ne cillait jamais.

À un moment je l'ai plaint, car nous parlions vite, et que parfois Kyabine s'y mettait avant que Pavel ou moi ayons fini.

Soudain on s'est tus, parce que c'était fini.

Le gosse Evdokim a sorti son carnet et il a déroulé la ficelle qui retenait le crayon attaché au carnet.

Pendant qu'il ouvrait son carnet, il nous a considérés tous les quatre, assis alignés sur la berge. De la tête je lui ai fait signe que c'était le moment qu'il s'y mette, et j'ai ajouté à haute voix :

— Et tâche de rien oublier.

Il m'a rassuré d'un signe de tête.

Pavel a commencé à balancer sa boîte de cigarettes dans la main. Il l'a ouverte finalement et nous en a donné une à chacun. Sauf au gosse Evdokim qui ne fumait pas de cigarettes, et qui de toute façon ne faisait plus attention à nous et s'était mis à écrire dans son carnet, sauf quelquefois où il levait les yeux vers nous rapidement avant de retourner dans son carnet.

40

On a fumé en silence, sans trop bouger et toujours un peu pensifs.

Voilà, sans trop bouger parce qu'à cet instant le gosse Evdokim écrivait des choses qui parlaient de nous et de l'étang. C'était vraiment étrange et je suis sûr que ça l'était pour nous tous.

Kyabine jetait parfois un coup d'œil en direction du gosse Evdokim, et il semblait aux aguets. J'étais certain qu'il pensait au poisson qu'il avait pêché et cuit et mangé ici, pas plus tard qu'hier, et qu'il espérait bien que le gosse Evdokim allait le dire dans son carnet, étant donné que de ça, il en avait été témoin.

Il avait raison de l'espérer. Je trouvais aussi que

c'était un des bons moments que nous avions passés ici. Le foyer que Kyabine avait construit pour cuire le poisson était toujours là, la pierre plate toute noircie, encore posée en équilibre sur les autres pierres. Finalement j'ai dit au gosse Evdokim, mais à voix basse pour ne pas trop le distraire :

—Oublie pas non plus de parler du poisson de Kyabine.

Le gosse Evdokim a relevé la tête et je lui ai désigné le foyer. Il a dit :

—Non, j'oublie pas.

J'ai précisé :

—Qu'il l'a fait cuire et tout.

Le gosse Evdokim m'a fait oui de la tête, et il est retourné dans son carnet.

Kyabine m'a regardé et il m'a souri, et puis au bout d'un moment et parlant à voix basse comme moi pour ne pas distraire le gosse Evdokim, il a appelé Pavel :

—Pavel !

—Quoi, Kyabine ?

Kyabine a pris sa respiration et il a murmuré :

—C'est ça, hein Pavel, on part ce soir ?

Bien sûr il l'avait entendu au camp comme nous,

que nous partions ce soir, et je lui avais déjà redit juste après. Mais il avait besoin encore une fois de se l'entendre dire par l'un d'entre nous. Comme si venant de nous c'était soudain une moins mauvaise nouvelle. Pavel l'avait compris. Il lui a répondu d'une voix prévenante :

— Oui, voilà, on part ce soir.

Kyabine a alors regardé devant lui. Il a passé un moment à réfléchir. Il a ramassé une pierre entre ses jambes. Il avait encore envie de nous entendre, il a demandé, et sa voix tremblait :

— On continue comme avant, hein, on reste ensemble ?

Il le savait bien, Kyabine, ça aussi, qu'on allait continuer comme avant, il la connaissait la réponse. Nous lui avons quand même fait signe qu'évidemment rien ne changeait pour nous quatre, qu'est-ce qu'il allait s'imaginer, bien sûr on allait rester ensemble. Il a acquiescé. Ensuite il a dit d'une voix anxieuse :

— Et si un de ces jours ils reforment les compagnies ? Tu le sais bien, toi Pavel, qu'ils sont tout le temps en train de reformer les compagnies.

Il y a eu un silence. Kyabine a pris peur .

−Hein, comment on fera ?

Pavel lui a dit :

−T'en fais pas, Kyabine, même s'ils reforment les compagnies on s'arrangera tout le temps.

Kyabine a encore acquiescé, cette fois en plus il a souri avec reconnaissance. Alors à son tour il a voulu nous rassurer, ou plutôt non, je crois qu'il a voulu simplement nous remercier de lui avoir parlé ainsi, il nous a dit :

−Vous en faites pas, je porterai toujours la tente.

Personne n'a eu envie de plaisanter, de lui dire des choses du genre qu'on y comptait bien, qu'on n'envisageait pas de partager cette corvée avec lui.

Ensuite, la pierre qu'il avait à la main, Kyabine l'a jetée dans l'étang. La surface de l'eau s'est brouillée autour de l'impact. Un poisson a sauté un peu plus loin. Kyabine a ramassé une autre pierre, puis l'a laissée retomber entre ses jambes. Nous étions tous pleins d'inquiétude et effrayés, mais ce matin c'est Kyabine, l'immense et solide Ouzbek qui le montrait le plus. Je lui ai dit :

−Ça va aller, Kyabine.

Il a demandé :

−Tu crois, c'est vrai ?

Mais ce n'est pas moi qui lui ai répondu. Car pour une fois, Sifra a parlé sans qu'on lui ait posé de question, il en a eu envie de lui-même. C'est lui qui a confirmé à Kyabine de sa voix douce et persuasive :

– Oui c'est vrai, ça va aller, Kyabine, parce qu'on va tout le temps rester ensemble.

De l'entendre dire par Sifra, aussi doucement, ça nous a tous fait du bien. Il y avait si peu de mots qui sortaient de la bouche de Sifra d'habitude que ceux-là avaient porté. Ils semblaient frappés au coin de la vérité. Ils avaient l'air d'être sortis de la bouche de l'enfant Jésus lui-même. Kyabine a semblé se détendre.

Pendant ce temps le gosse Evdokim continuait de coucher dans son carnet tous ces moments qu'on avait passés à l'étang, et qui étaient derrière nous maintenant.

Tandis qu'assis en face de nous il réfléchissait peut-être à la façon de parler du poisson de Kyabine, j'avais la sensation étrange qu'on aurait pu en tendant le bras, toucher le soir du bout de la main, et entendre soudain se lever le camp et notre compagnie se mettre en marche, et avancer en colonne. Et aller où dans la nuit, on l'ignorait.

41

Mais heureusement ce soir la compagnie de Kossarenko allait lever le camp et se mettre en route avant nous. Nous allions la suivre de loin et nous efforcer de marcher à son allure pour ne pas la rattraper.

Je pensais : pourvu que notre compagnie marche le plus longtemps possible derrière celle de Kossarenko, à l'abri derrière elle, au moins jusqu'à demain matin, et je souhaitais pour les hommes de Kossarenko qu'il n'y aurait pas de lune cette nuit et qu'ils savaient marcher dans un grand silence.

Je sentais le soleil dans mon dos.

Je le voyais se refléter sur la surface de l'eau.

C'était bien que l'eau soit calme et l'air immobile, aujourd'hui.

Quelque chose a bougé furtivement dans les herbes derrière nous. Kyabine s'est retourné pour regarder. Il n'y avait rien.

Pavel était assis à côté de moi. Il respirait lentement. Je voyais ses épaules se soulever. Il regardait intensément devant lui.

Alors soudain je me suis mis à espérer que la compagnie de Kossarenko marcherait éternellement devant la nôtre et entendrait éternellement siffler avant nous les premières balles, éclater les épouvantables obus, et verrait avant nous tout ce que nous pressentions, et que Dieu les protège et me pardonne.

42

Quand le gosse Evdokim a refermé son carnet, il avait l'air satisfait. Comme on n'avait pas voulu bouger pendant qu'il écrivait, qu'on était restés comme ça, assis immobiles, et alignés sous le soleil ardent, il commençait à faire chaud sous les manteaux.

Ça n'aurait pas changé grand-chose pour le gosse Evdokim qu'on bouge pendant qu'il écrivait. Il n'avait plus besoin de nous, étant donné qu'il savait exactement ce qu'il y avait à dire. Mais comme parfois il levait les yeux sur nous, et nous observait rapidement, on avait l'impression que ça pouvait l'aider qu'on soit toujours là à portée de vue, et on n'a pas remué.

On a attendu qu'il range son carnet dans sa veste.

Alors seulement on s'est débarrassés de nos manteaux.

Pavel a étendu le sien dans l'herbe derrière nous. Il s'est approché de l'eau et il a dit :

– On va rester là.

Il s'est retourné et nous a tous regardés, il nous a jaugés calmement et il a dit :

– On va rester là, hein, qu'est-ce que vous en pensez ?

J'ai approuvé :

– Tiens qu'on va rester là. Qu'Ermakov aille se faire foutre, ils trouveront toujours des couillons pour démonter le bureau de la compagnie.

Pavel a dit avec un sourire froid :

– Y trouveront aussi des tas de pauvres couillons pour marcher cette nuit parce que nous, on va rester ici.

À toute vitesse je me suis repassé ce qu'il venait de dire. Je l'ai réentendu aussi nettement qu'un écho, et j'ai fait :

– Mais quoi, Pavel, pourquoi tu parles de cette nuit ?

Il n'a rien dit. Il avait le soleil dans les yeux. Il a

rabattu la visière de sa casquette. Elle lui a fait une bande d'ombre sur les yeux, mais ils ont continué de jeter des éclats.

Kyabine avait commencé à s'agiter à côté de moi à l'instant où Pavel rabattait sa visière. Ce qu'avait dit Pavel s'était mis à lentement cheminer dans sa tête.

Pavel s'est adressé à lui :

— On est pas bien ici, Kyabine ?

Kyabine a baissé la tête, l'a relevée et a répondu d'une voix anxieuse :

— Si qu'on est bien.

Pavel a écarté les bras et levé les mains vers Kyabine, le désignant, lui et sa réponse. Ensuite il s'est retourné vers l'étang, et il a relevé la visière de sa casquette. Brusquement et nous tournant le dos il a dit :

— Alors je t'en fous si on va recommencer à marcher comme des perdus.

Kyabine, Sifra et moi, on était tout seuls avec ça maintenant, on était tous les trois démunis et pleins d'angoisse parce qu'on avait tous les trois bien compris maintenant ce que Pavel nous proposait. Et à présent il nous tournait le dos et il semblait vouloir garder le silence.

Alors je l'ai appelé d'une voix faible :

– Pavel !

– Quoi !

J'ai dit tout bas :

– Mais qu'est-ce que tu racontes, Pavel, pourquoi on y retournerait pas ce soir ?

Et au lieu de me répondre, Pavel a demandé à Kyabine en nous tournant toujours le dos, face à l'étang :

– Dis-moi, Kyabine, tu as pas envie d'attraper d'autres poissons ?

Kyabine nous a regardés, Sifra et moi, d'un air affolé. Ses yeux débiles clignaient et roulaient.

Pavel l'a relancé avec patience :

– Vas-y, dis-moi, Kyabine !

Kyabine a répondu ce qu'il pensait :

– Si que j'aimerais bien.

Après quoi il a ajouté :

– Mais ils sont trop petits en fin de compte.

Pavel lui a fait oui de la tête. Puis il lui a dit :

– Mais suppose qu'il y en ait des gros, Kyabine.

Kyabine a répondu :

– J'en ai pas vu. Je suis tombé que sur des petits.

Toujours tourné vers l'étang, Pavel s'est mis à expliquer à Kyabine :

– Oui, mais ceux-là tu pourrais toujours les remettre à l'eau jusqu'à ce que tu tombes sur un gros. Je suis sûr qu'il y en a qui nagent au fond. Si on s'y met tous les quatre on pourrait les avoir. Tu t'occuperais de les cuire, Kyabine, tu as le coup. Après on se les mangerait. Et le soir on dormirait là, et s'il pleut on irait dormir dans la station. On se la nettoie à fond, la station, on s'y amène un tas d'herbe. De temps en temps on va réquisitionner des couvertures et du tabac, et le soir on rentre à la station, et pourquoi pas, on se ramène aussi un poulet et des poireaux quand on en a assez de manger du poisson.

Kyabine a proposé avec passion :

– On pourrait peut-être essayer de les attraper aujourd'hui, les gros.

Pavel gentiment :

– Oui, pourquoi pas, Kyabine.

Kyabine sur sa lancée :

– On se les fait cuire sur mes pierres et après on retourne à la compagnie.

Pavel n'a ni bougé ni répondu.

Kyabine :

– Hein, Pavel, si on essayait d'en attraper maintenant ?

Pavel, tristement :

– Oui, si tu veux, Kyabine.

Alors Kyabine, de tout son cœur et la gorge ser-
rée a demandé :

– Mais après on retourne à la compagnie, c'est ça,
hein ?

Un long moment a suivi, vide comme un jour de
marche.

Puis Pavel a fait oui de la tête.

Kyabine l'air soudain paniqué :

– Mais on n'a pas la grande gamelle, on l'a pas
prise avec nous !

– Quoi ?

Kyabine a expliqué :

– On a besoin de la grande gamelle pour attraper les
poissons, comment tu veux qu'on fasse, autrement ?

Là-dessus il est parti brusquement et sans réfléchir
en direction du camp. Je lui ai dit de revenir, que
merde qu'est-ce qu'il foutait, que si Ermakov le
voyait il allait le coincer et se retrouver au camp pour
la journée à démonter le bureau de la compagnie.

Bondissant dans les herbes, il a lancé par-dessus
son épaule.

– Je suis malin. Y me verra pas.

Il a disparu dans les herbes.

J'ai encore essayé de le faire revenir.

Mais on a entendu de loin :

— Je suis malin !

Sauf que ça, il l'était pas, Kyabine. Il était plus fort que Pavel, Sifra et moi réunis, il était incroyablement fort et fidèle, et il possédait une voix de tonnerre, mais malin il l'était pas.

J'ai pensé un instant lui courir après, mais je n'avais aucune chance de le rattraper.

Pavel s'est accroupi devant l'étang. Il a tiré sa casquette en arrière. Il a plongé ses mains dans l'eau dormante. Il les a fait flotter à la surface pendant un moment. Il les a ressorties et s'est mouillé le visage. Du temps avait passé et le soleil avait monté.

43

Sifra s'est assis, il a posé son fusil en équilibre sur ses genoux.

Il avait assisté à tout ça en silence, nous jetant parfois des regards apeurés et impuissants, tout comme si on avait été son père et sa mère, et qu'on s'était mis à décider de son avenir.

C'est tout ce qu'il avait fait.

Mais alors, qu'on ne croie pas qu'il était près de nous comme une ombre, Sifra. Non, c'est pas ça. Qu'on sache une dernière fois qu'il était au contraire toujours bien là avec nous, et doux et attentif, avec ce regard doux et prophétique, et presque tout le temps silencieux, j'aimerais tellement qu'on le comprenne.

44

Kyabine a surgi des herbes derrière nous, brandissant la grande gamelle au-dessus de sa tête, et il a lancé :

– Alors je suis pas malin ?

C'est vrai, il l'avait été. Il avait dû avoir aussi beaucoup de chance. Il a ôté ses bottes et il est entré dans l'eau. Nous lui avons demandé comment les choses se passaient au camp, si les autres avaient commencé à démonter les tentes. Il a répondu en s'avançant dans l'eau :

– J'ai pas regardé.

Pavel d'un ton ahuri ;

– Quoi t'as pas regardé !

– Non, j'ai pas regardé.

Quand il a été dans l'étang jusqu'aux genoux, Kyabine s'est retourné et a demandé au gosse Evdokim :

— Si j'en attrape des gros, tu le rajouteras, hein ?

Le gosse Evdokim a répondu que bien sûr, il le rajouterait. Kyabine s'est penché, a plongé la grande gamelle dans l'eau, et n'a plus bougé. Et pas longtemps après il a hurlé qu'il en avait un. Il est revenu sur la berge et on s'est tous approchés pour voir son poisson. Il était pas gros. Kyabine s'est assis et a posé la gamelle entre ses jambes. Nous lui avons demandé s'il allait le manger. Il nous a dit que non, qu'il avait juste envie de le regarder nager. On l'a laissé regarder son poisson.

J'étais debout sur la berge et j'essayais de ne penser à rien, en tout cas pas à cette nuit, quand Kyabine m'a appelé :

— Viens voir, Bénia.

Sa voix était mystérieuse.

Il m'a fait signe de m'asseoir à côté de lui et en silence il m'a montré quelque chose qui flottait dans l'air. C'était un tout petit morceau d'herbe. Il tenait tout seul, il volait sur place dans l'air, comme ça, à hauteur de nos yeux, et c'était vraiment surprenant.

Puis j'ai aperçu comme un genre de fil d'araignée, il était presque invisible, et c'est au bout que le morceau d'herbe était suspendu. Kyabine, lui, ne le voyait pas, le fil.

Pendant que je me demandais si j'allais le lui montrer, le fil, des coups de feu ont retenti du camp. C'étaient trois coups bien espacés. On a compris. Quand ils ont fini de résonner, Kyabine s'est levé en évitant le morceau d'herbe qui flottait toujours et il est allé relâcher son poisson. On a ramassé nos manteaux, on a pris nos fusils, on a regardé Pavel en pensant que peut-être il allait dire quelque chose à propos de l'étang. Mais il a rien dit, et on est partis.

45

Nous étions assis sur nos traverses. Nos sacs étaient faits, nos couvertures enroulées et ficelées par-dessus. Nous avions plié la tente, elle était prête à être arrimée sur le dos de Kyabine. Partout dans le camp, on attendait comme nous, chacun assis à côté de ses affaires. Le soir tombait. Et depuis que nous étions sortis de la forêt, c'était la première fois qu'aucun feu ne crépitait ni ne brillait ici. On n'entendait presque rien. Par moments les gars d'à côté se chuchotaient des choses.

Le gosse Evdokim était parti discuter avec les autres gosses, ceux qui avaient remonté la voie en même temps que lui.

Sifra était à côté de moi. Je lui ai dit qu'au moins

on partait avec des couvertures propres. Il a dit qu'on aurait dû aussi laver nos manteaux. J'ai répondu que oui, c'était dommage qu'on ne l'ait pas fait. Comme soudain j'avais envie qu'on nous donne un jour de plus, et qu'on se mette à laver nos manteaux dans l'étang, qu'on se les frotte frénétiquement pour fêter ce jour en plus. Et pourquoi pas un jour de plus pour se les faire bien sécher au soleil ?

La compagnie de Kossarenko est entrée dans le camp. Kossarenko marchait en tête avec un sergent. Juste derrière eux, un gars menait cinq mules, elles étaient belles et grasses. Elles provenaient d'une réquisition, car leurs propres mules, je veux dire leurs mules militaires, nous savions qu'ils les avaient mangées dans la forêt, comme nous.

La colonne s'est arrêtée. Notre commandant est allé au-devant de Kossarenko. Ils se sont serré la main. Notre commandant a sorti des cigarettes et ils se sont mis à discuter.

Il faisait trop sombre à présent pour reconnaître ceux de chez Kossarenko que nous avions rencontrés dans la forêt cet hiver.

Quand Kossarenko et notre commandant ont eu

terminé leur cigarette, Kossarenko a parlé au mule-
tier et à son sergent. Des gars de la colonne ont
déchargé deux de leurs mules et ont réparti les
bagages sur les trois autres. Notre commandant a
appelé quelqu'un de chez nous pour venir prendre
les deux mules. Ensuite il a regardé sa montre. Et
juste après, Kossarenko a donné l'ordre du départ,
et tandis que sa compagnie s'ébranlait, j'ai pensé :
dans une heure on y sera nous aussi.

Quand la colonne a disparu dans la nuit, Pavel,
assis jusqu'à maintenant sur la traverse en face de
moi, s'est levé, et il a regardé autour de lui et il a
semblé tendre l'oreille pour écouter quelque chose.

Je lui ai demandé :

– Qu'est-ce que tu fais, Pavel ?

Il a rien répondu. Il a juste fait non de la tête et il
s'est rassis sur la traverse. Soudain Kyabine m'a
demandé :

– Alors comment ça fait pour tenir tout seul
comme ça ?

– Quoi ?

Et puis je m'en suis souvenu, s'agissait du bout
d'herbe qui flottait dans l'air. J'ai menti :

– J'en sais rien, Kyabine, c'est comme ça.

Ça l'a déçu comme réponse. Mais je pensais bien faire. Tout d'un coup j'ai eu envie de lui dire à Kyabine de ne pas s'en faire et j'ai eu envie que cette heure soit passée et qu'on se mette en route parce qu'on était tous les quatre tristes et perdus, et qu'on avait si peur. Et que si j'avais su je les aurais pris tous les trois dans mes bras et alors ils auraient été tellement gênés et mon Dieu, moi aussi, mais de l'avoir dit, d'y avoir pensé soudain, j'ai l'impression de l'avoir fait et je suis encore plus triste à présent.

L'heure a passé et on est partis.

46

On avançait dans l'obscurité, entre des champs.

Je marchais à côté de Pavel. Devant il y avait Kyabine et le gosse Evdokim. Et devant eux il y avait Sifra. Kyabine portait la tente sur son dos, et son sac sur le ventre. Le gosse Evdokim portait le piquet de la tente et sa couverture.

On ne savait pas sur quelle longueur la compagnie s'étirait sur la route parce qu'il faisait trop sombre pour le voir.

Le ciel était sombre aussi, on aurait dit la plaine à l'envers, et parfois la lune éclairait un peu le bord des nuages et les champs, et tous les gars de la compagnie qu'on pouvait apercevoir alors avaient de drôles de silhouettes à cause de leur façon de porter leur chargement, à cause des couvertures, des sacs et des armes et de tout le fourbi qu'on avait sur le dos.

Il y en avait qui portaient leur quart et leur assiette en fer l'un contre l'autre à la ceinture et ça faisait un bruit continuel, et c'étaient de vrais abrutis ceux-là.

Mais sans doute que la colonne s'étirait beaucoup parce que les mules que Kossarenko nous avait données et qui marchaient en tête de la compagnie, il y avait un bon moment qu'on n'entendait plus leurs fers.

On entendait que la ferraille des abrutis.

Quelqu'un a dit :

– Hé, range tes casseroles !

Quelqu'un lui a répondu :

– Ta gueule !

Le sergent Ermakov n'était pas loin. Il a lancé dans la nuit, quelque part devant :

– C'est moi alors qui vais vous la fermer. Silence, tous !

Un des abrutis qui faisait sonner son fer-blanc à la ceinture, s'est mis à chanter à voix basse. Les paroles on ne les comprenait pas tellement c'était doucement qu'il chantait. Mais le rythme, lui, on a vite compris qu'il accompagnait le bruit de ferraille de son assiette contre son quart.

Kyabine s'est retourné vers Pavel et moi, et d'un signe de tête il nous a montré l'endroit d'où provenait la chanson, et ça avait l'air de lui plaire.

Le gars qui chantait n'a pas tenu longtemps. Il a perdu son souffle ou alors il n'en a plus eu envie. On a continué d'avancer dans l'obscurité, et parfois il y en avait qui toussaient ou qui se chuchotaient quelque chose, et une fois qu'ils se taisaient, alors à ce moment-là et bizarrement, on prenait conscience qu'il faisait nuit. Et je pensais : au moins cette nuit Pavel ne se réveillera pas plein de terreur parce qu'il rêve que Sifra lui coupe la gorge. J'étais content pour lui et pour Sifra. Enfin j'essayais de le penser. Car en réalité je ne l'étais pas complètement, content. Ces cauchemars de Pavel, c'était toujours grâce à eux que j'avais passé ces moments tout seul avec Pavel. Alors ça me rendait un peu honteux de ne pas pouvoir être complètement content pour Pavel et Sifra.

On a entendu un roulement devant, il s'est rapproché, puis ça a été à nous de passer sur le pont. À cause du bruit et de l'obscurité on n'a pas pu voir s'il y avait de l'eau en dessous.

Le roulement sur les planches de bois a diminué derrière nous. Puis on l'a plus entendu.

On marchait en silence, personne parlait.

La silhouette la plus drôle et la plus étrange devant nous, c'était celle de Kyabine, chargé comme il l'était de la tente et de son sac, et parce que la crosse de son fusil semblait lui sortir du cou.

J'ai demandé en chuchotant à Pavel comment ça allait. Il m'a répondu que ça allait. Kyabine s'est retourné parce qu'il nous avait entendus. Je lui ai demandé aussi. Il m'a dit que tout allait bien. Là-dessus il a touché l'épaule de Sifra devant lui. Sifra s'est retourné et lui a fait signe que ça allait. Le gosse Evdokim semblait tenir bon aussi. Parfois il levait la tête et regardait le ciel.

47

Nous avons fait une halte. Nous ignorions combien de temps nous avions marché et nous avions le souffle court. Pavel, Kyabine, Sifra, le gosse Evdokim et moi nous sommes assis sur nos sacs au milieu de la route et nous sommes couvert le dos avec nos couvertures avant que le froid de la nuit nous glace.

Le sergent Ermakov remontait la compagnie, faisant sortir du champ tous ceux qui s'y étaient allongés pour dormir un moment. Il y en avait déjà qui s'étaient endormis et ils se relevaient avec des mouvements étranges, et ils restaient debout et hagards dans l'obscurité et cherchaient à comprendre où ils étaient.

Le gosse Evdokim avait ôté ses bottes en feutre

de paysan et se tenait les chevilles. Pavel regardait quelque chose par-dessus mon épaule.

On reprenait notre souffle. Lentement l'air passait sous nos couvertures et glaçait notre sueur.

Soudain Kyabine a dit au gosse Evdokim :

– On avait une belle cabane dans la forêt.

Le gosse l'a regardé. Kyabine a ajouté :

– Avec un poêle.

Et s'adressant à Pavel :

– Hein Pavel ?

Pavel a dit :

– Oui, c'est vrai.

Et Kyabine soudain :

– Mais Pavel, pourquoi on les a brûlées ?

Pavel a soulevé une épaule pour lui répondre qu'il l'ignorait. Ça ne lui a pas suffi, à Kyabine, et c'est à moi qu'il l'a demandé :

– Hein, pourquoi on les a brûlées ?

– Parce qu'on n'en avait plus besoin, Kyabine.

– Tu crois ?

– Bien sûr.

Là-dessus, et comme il faisait souvent quand une chose le troublait, Kyabine ne s'est plus intéressé à nous et s'est mis à réfléchir.

Le gosse Evdokim se tenait toujours les chevilles quand l'ordre de repartir est arrivé. Je suis resté à côté de lui parce qu'il avait du mal à renfiler ses bottes. Ça semblait beaucoup l'effrayer de prendre du retard et il s'y prenait de plus en plus mal. Je lui ai dit :

– Mais t'en fais pas, je t'attends.

C'est là qu'il s'est rendu compte qu'il les mettait à l'envers. Tous les autres étaient partis quand il s'est levé et qu'il a entrepris de rouler sa couverture.

Je lui ai conseillé :

– Garde-la encore un peu sur toi.

Il l'a remise sur ses épaules. Il a saisi le piquet de la tente et on est partis.

Il était tout reconnaissant que je sois resté avec lui et il tenait bien droit le piquet. Nous étions les derniers de la colonne. Pavel, Kyabine et Sifra marchaient trop loin pour qu'on les aperçoive.

Je lui ai demandé :

– Comment tu te sens ?

– Bien.

– Tant mieux.

Il m'a demandé :

– On va marcher toute la nuit ?

– Jé suppose que oui.

Tout ça, on se le disait à voix basse à cause de l'obscurité. J'ai demandé :

– Tu as réussi à tout écrire sur l'étang ?

– Presque tout oui.

– Prends ton temps.

– Oui. Mais j'ai bientôt fini.

J'ai dit au gosse Evdokim pour le détendre :

– Oublie pas le poisson de Kyabine.

– J'oublie pas.

– Tu as vu comme il y tient.

– Oui.

À ce moment-là j'ai cherché mes mots :

– Alors écoute, quand tu auras fini à propos de l'étang, ce qui me plairait que tu écrives.

Et là je les ai cherchés encore plus, mes mots :

– Ce que j'aimerais bien, écoute, c'est à propos de Pavel. Que tu écrives que Pavel et moi, ça a été une vraie chance qu'on se trouve. C'en a été une aussi pour Kyabine et Sifra, évidemment, mais avec Pavel, oh tu comprends bon Dieu, ça a été encore une plus grande chance.

– Oui je comprends.

Il m'écoutait avec beaucoup d'attention.

– Tu le tournes comme tu veux et prends ton temps.

Il m'a fait oui de la tête.

J'ai attendu un moment et :

– Pavel est pas venu te dire quelque chose qui ressemble à ça à propos de moi ?

– Non.

J'ai allongé le pas.

– Allons rattraper les autres.

On a remonté la colonne et on les a rattrapés et on a continué de marcher et marcher dans la nuit, et parfois on traversait un village ou une forêt sombre. Et depuis longtemps plus personne ne parlait dans la colonne, ni nous ni autour de nous.

Je me suis retrouvé à marcher avec Sifra, avec Pavel ensuite, puis je les perdais de vue, et puis soudain je m'apercevais que je marchais tout seul, ou à côté de quelqu'un de la compagnie dont j'ignorais le nom.

48

Parfois on passait devant le sergent Ermakov debout sur un bord de la route, appuyé sur son fusil, et bien avant qu'on passe devant lui on l'entendait déjà qui disait d'avancer.

Mais qu'est-ce qu'on faisait d'autre ?

La colonne est sortie de la route, on est entrés dans un champ, et au loin sur la gauche il y avait une bande sombre, c'était la lisière d'une forêt et on pouvait voir à présent des étoiles scintiller au-dessus, entre des nuages noirs.

On marchait dans de l'herbe rase. J'apercevais des silhouettes courbées et titubantes partout autour de moi et devant moi. Et vous pouviez en voir aussi loin que la vue portait dans la nuit.

Je marchais tout seul à ce moment-là. J'ai essayé de reconnaître l'immense silhouette de Kyabine, mais il devait être hors de portée de vue dans la nuit, ou bien derrière moi. Brusquement en serrant mes mains j'ai cru que j'avais perdu mon fusil, mais non, je l'avais glissé sous la fermeture de mon sac, mais je ne me souvenais pas à quel moment.

Il m'a semblé apercevoir Pavel devant. Je n'avais pas la force de le rattraper. Je l'ai appelé. Personne n'a répondu ou ne s'est retourné.

J'ai pensé : c'est pas lui ou il a pas entendu.

Un peu après, l'ordre a couru qu'on s'arrêtait. La plupart se sont couchés à l'endroit où ils étaient sitôt qu'ils l'ont entendu. J'ai continué à marcher en zigzaguant à la recherche des autres et j'ai d'abord retrouvé Sifra. Puis on a entendu Kyabine nous appeler. On s'est dirigés vers lui. Pavel est arrivé aussi, accompagné du gosse Evdokim.

On s'est assis dans l'herbe sans même penser à se débarrasser de nos sacs. On avait tous le regard vide et la bouche grande ouverte. Le gosse Evdokim a roulé sur le côté en gémissant. Pavel s'est penché sur lui :

— T'endors pas maintenant.

Le gosse n'a pas bougé et n'a rien répondu.

– Tu entends, faut pas t'endormir. Repose-toi mais t'endors pas.

Il lui parlait doucement. Le gosse a fait oui de la tête. Je l'ai aidé à se redresser. Il avait les yeux hagards et de la salive blanche au coin des lèvres. J'ai retiré mon sac et l'ai calé dans son dos. Au bout d'un moment il a baissé la tête et il s'est mis à sangloter. Je lui ai dit :

– Vas-y mon gars, on en est tous là.

Et Kyabine ne quittait pas des yeux le gosse Evdokim, ça le rendait mélancolique et timide de le voir sangloter ainsi.

Soudain j'ai demandé parce que je ne m'en souvenais pas :

– Qui est-ce qui a la montre ?

Pavel l'a sortie de sa poche. J'ai tendu la main et il me l'a passée. Je l'ai ouverte et je l'ai embrassée. Kyabine ensuite l'a embrassée avec passion, et même Sifra l'a embrassée timidement et du bout des lèvres parce que Kyabine le lui avait demandé avec beaucoup de conviction, et c'était touchant parce que c'était la première fois qu'il le faisait. Et j'étais heureux qu'il l'ait fait enfin, et bien que nous sachions que ça ne nous portait pas vraiment chance, j'ai pensé : mais pourquoi en fin de compte ça ne nous porterait pas chance ? Pavel l'a reprise et l'a tendue au gosse Evdokim :

– Vas-y aussi.

Il s'est presque arrêté de sangloter. Il avait la montre dans la main et nous regardait. Je l'ai encouragé :

– Ouvre-la et embrasse-la.

Il l'a fait et il a rendu la montre à Pavel. On s'est couvert le dos avec nos couvertures, et le ciel commençait à bleuir très loin sur notre gauche, au-dessus de la forêt. Pavel a sorti ses cigarettes et nous en a offert à tous, et elles avaient un goût affreux, amer et tout, mais nous les avons fumées jusqu'au bout, et après nous avons commencé à lutter contre le sommeil. C'était difficile pour le gosse Evdokim.

Quand l'aube s'est levée, nous étions encore là, assis dans le champ et on pouvait voir à présent où nous étions, et où tous ceux de la compagnie étaient, partout autour de nous, et un grand nombre s'était endormi. Les mules que Kossarenko nous avait données broutaient l'herbe l'une à côté de l'autre, avec encore sur le dos les caisses du bureau de la compagnie et toutes les affaires du cuisinier.

La voix du sergent Ermakov a résonné au-dessus du champ :

— Pas de feux !

Des voix ont repris la consigne :

— Pas de feux !

— Pas de feux !

Et puis quelqu'un a dit sur le même air de consigne qu'Ermakov :

— Pas de femmes !

Pour une fois, Ermakov, ça ne l'avait pas mis en rogne que quelqu'un envoie une astuce, au contraire. Il a répondu :

— Si, mais faut un bon.

— Et toi t'en as plein la poche, hein sergent ?

— Oui, viens ici que je t'en donne un.

— J'arrive.

Il y avait au loin des baraques étroites et minus-cules et peintes de toutes les couleurs, il y avait la grande forêt à gauche qui s'arrêtait au pied d'une colline basse, et derrière la colline il y avait une ville. On ne la voyait pas, mais on voyait des filets de fumée grise monter et former une nappe qui s'en allait flotter au-dessus de la forêt.

Il y avait une ville là-bas derrière la colline et

c'était une merveilleuse nouvelle de revoir bientôt une ville. Kaliakine, notre commandant, se tenait debout à l'écart. Il avait lui aussi sa couverture sur le dos et regardait vers les baraques.

49

Quand il a fallu se relever, ceux qui s'étaient endormis on a dû les réveiller et ils se remettaient debout péniblement et ils chancelaient, et alors vous pouviez voir dans leur regard des lueurs épouvantables, et ils semblaient tout près de tuer ceux qui les avaient réveillés.

On a reformé les rangs et on s'est dirigés vers les baraques en couleur. Elles étaient construites à l'extrémité de parcelles de jardins qu'on avait commencé à retourner, et parfois il y avait déjà des plants de légumes alignés qui sortaient de la terre. Le sergent Ermakov nous lançait de faire attention à ne pas marcher dessus. Sauf que la compagnie de Kossarenko était sûrement passée par là avant nous parce que c'était déjà bien abîmé.

On a quand même essayé de faire attention, et les rangs se sont défaits, toute la compagnie s'est éparpillée.

Avec Pavel on est entrés dans une baraque peinte en jaune. Elle n'avait pas de fenêtre, il faisait sombre à l'intérieur. Au fond on a trouvé de la corde et une jolie pioche bien aiguisée. Kyabine, Sifra et le gosse Evdokim nous attendaient dehors. Pavel a brandi la pioche et il a dit qu'on allait pouvoir se faire des tranchées autour de la tente pour se protéger de la pluie. Il a cassé le manche en deux pour qu'elle soit moins encombrante. Les premiers coups sont partis et les obus sont tombés en avant de la colonne dans un fracas terrible. Les mules ont détalé au galop vers la lisière de la forêt tandis que de grosses mottes de terre retombaient là où les obus avaient éclaté.

Ça hurlait partout dans les jardins. On s'était tous jetés par terre. J'étais tombé sur Kyabine et j'avais roulé sur le dos. Le gosse Evdokim s'était agenouillé derrière une baraque. Il tenait le piquet de la tente des deux mains, et il semblait s'y accrocher. Pavel lui a ordonné de s'allonger. Sifra rampait derrière nous. Quand il nous a rejoints, une seconde salve est partie de la lisière de la forêt, et cette fois les obus ont éclaté plus près de nous. Une baraque a volé en l'air. Des morceaux de planches sont retombés. Nous avons ramené nos sacs sur nos têtes. Yassov, le sculpteur de mains, est passé devant nous. Il marchait à quatre pattes et à toute vitesse vers une baraque. On entendait des gars qui s'appelaient derrière nous. Plus loin devant il y en a un qui a commencé à pleurer qu'il était touché. On a attendu, mais ils n'ont plus tiré, et bientôt, à part celui qui pleurait, le silence est retombé sur les jardins. J'ai relevé la tête pour regarder vers la forêt. Rien ne bougeait et on ne voyait rien. Et les mules avaient disparu. On ne voyait que la bande sombre des sous-bois. J'ai dit que je ne voyais rien.

Pavel a relevé la tête aussi. J'ai entendu Sifra qui chargeait son fusil. Puis Kyabine s'est mis à ramper vers le gosse Evdokim. Pavel lui a demandé ce qu'il foutait. Kyabine lui a répondu qu'il allait voir le gosse. Le gars qui pleurait s'est tu. Et à présent on n'entendait plus rien.

Là-bas ils avaient des canons, et probablement aussi des mitrailleuses. Ce qu'ils attendaient c'était qu'on se relève et qu'on se mette à courir à découvert. Mais courir vers où, ça on ne le savait pas. Kyabine était parvenu près du gosse Evdokim, allongé derrière la baraque. Il lui avait posé la tente sur la tête. Sifra pointait son fusil vers la forêt. Des murmures ont commencé à monter, des gars recommençaient à se parler ou à s'appeler. Et celui qui s'était arrêté de pleurer a poussé un cri perçant. Sifra m'a touché l'épaule et m'a montré les mules qui couraient le long de la forêt, vers les collines. J'ai roulé sur le dos et j'ai essayé de voir vers où nous allions nous mettre à courir le moment venu. Il n'y avait de salut que derrière nous, à l'opposé de la forêt, là où les jardins s'arrêtaient. On apercevait une route et derrière la route un champ immense qui remontait très loin vers un plateau.

L'ordre est arrivé de dégager. Après il y a eu un silence et le sifflet du commandant Kaliakine a soudain retenti. Toute la compagnie s'est relevée et on a commencé à courir à l'opposé de la forêt. Kyabine et le gosse Evdokim se sont rapprochés de nous et on a couru tous ensemble. Kyabine avait repris la tente et la portait sous un bras. Leurs mitrailleuses se sont mises à crépiter, et presque aussitôt les obus ont recommencé à tomber.

Ceux qui étaient touchés se mettaient à hurler qu'on les attende. Le sergent Ermakov hurlait encore plus fort qu'eux de ne pas s'arrêter. Alors on courait. Les balles sifflaient, et quand un obus tombait on n'entendait plus que son seul fracas. On a atteint la route. On a plongé dans le fossé qui la bordait, d'abord Pavel, le gosse Evdokim et moi. Puis Kyabine et Sifra. On a roulé au fond et on a cherché l'air. Soudain Kyabine s'est redressé et s'est mis à appeler Sifra de toutes ses forces, comme s'il était resté là-bas dans les jardins. Mais il était là au fond du fossé. Il était tout couvert de sang. Il semblait nous regarder tous d'un même regard, et regarder nulle part en même temps. Pavel lui a soulevé la tête et Sifra a poussé un cri qu'il n'y a ni mot ni rien pour décrire, oh, ou alors mon Dieu, donnez-moi les mots ! Pavel a reposé sa tête et lui a fait un signe en forme de promesse qu'il ne le toucherait plus.

Sifra semblait fixer le ciel à présent, sa mâchoire tressaillait, et le désespoir de son regard, nulle part encore je ne l'avais vu, et le désespoir de Kyabine non plus je ne l'avais encore jamais vu, et tous les nôtres à présent avaient sauté par-dessus le fossé et traversé la route, et ils grimpaient maintenant le

champ vers l'abri du plateau. Il y avait un grand
silence car les tirs avaient cessé. Mais je les voyais
sortir de la forêt et s'approcher en portant leurs
mitrailleuses sur des trépieds. Et Kyabine se tenait
agenouillé tout contre Sifra et il n'arrivait pas à le
regarder, mais regardait Pavel et moi tour à tour, et
soudain Pavel lui a dit d'emmener le gosse Evdokim, et de courir avec lui vers le plateau. Kyabine a
embrassé la jambe de Sifra, le plus loin possible de
sa blessure, il a saisi la tente, pris le gosse Evdokim
par le bras et ils ont sauté hors du fossé et traversé
la route. Pavel a dit à Sifra de fermer les yeux. Sifra
l'a écouté, et Pavel lui a passé la main sur la joue,
puis il s'est redressé, a pointé le canon de son fusil
sur sa nuque et il a tiré. Alors on a sauté hors du
fossé, traversé la route et commencé à grimper à
travers le champ. On a dépassé le commandant
Kaliakine qui serrait son revolver dans la main. Les
mitrailleuses avaient recommencé à crépiter. On est
arrivés à la hauteur de Kyabine et du gosse Evdokim, nos gorges brûlaient et partout les balles sifflaient et rentraient dans la terre.

Ceux des nôtres qui avaient déjà atteint la crête
du plateau s'étaient couchés derrière et tiraient vers

les mitrailleuses au loin avec leurs fusils et poussaient de toutes leurs forces des injures parce que nos fusils ne portaient pas assez loin.

On avait bientôt atteint la crête. Le gosse Evdokim qui courait devant moi a lâché le piquet de la tente et il est tombé. Plusieurs balles l'avaient touché. Je suis passé près de lui et j'ai saisi le piquet de la tente sans m'arrêter de courir, et soudain je me suis plaqué sur le sol et je suis retourné vers le gosse Evdokim en rampant à l'envers. J'ai ouvert sa veste et j'ai pris son carnet.

50

Avant qu'ils n'atteignent la route en contrebas et ne soient à la portée de nos fusils, nous avons quitté la crête et commencé à fuir à travers les collines, et chacune d'elles ressemblait à la précédente, couverte de la même forêt, comme si nous revenions toujours sur nos pas, toujours ces mêmes chemins qui tournaient autour des collines comme s'il n'y avait nulle part où aller.

Vers midi le sergent Ermakov nous a comptés.

Nous étions sous un bois, et tandis qu'il nous comptait personne ne le regardait. Kaliakine, notre commandant, était assis à l'écart, voûté et pensif, sa couverture jetée sur les épaules, et son sifflet pendu à son cou se balançait.

Le soir nous avons planté nos tentes sur le versant d'une colline. Avec sa pioche Pavel a creusé notre emplacement afin de diminuer la pente. Nous avons allumé notre lampe et l'avons accrochée au piquet et sur la toile elle projetait nos ombres et l'ombre de sa fumée. Kyabine était couché sur le côté. Pavel était couché sur le dos, les yeux ouverts. J'étais assis entre eux et je regardais dehors par l'ouverture de la tente. J'avais la flamme de la lampe tout près des yeux en sorte que je ne voyais rien du dehors. Kyabine s'est mis soudain à sangloter et tout ça semblait lui sortir du nez, c'était un son étrange et effroyable.

Pavel a dit au bout d'un moment :

– Arrête, Kyabine !

Kyabine ne s'est pas arrêté. Pavel a attendu un peu, a grincé des dents, et puis :

– Arrête ça !

Mais Kyabine continuait à émettre ce bruit effroyable et déchirant.

Pavel s'est mis sur un coude :

– Mais tu vas la fermer !

Kyabine s'est redressé et s'est rué sur Pavel, me faisant tomber au passage. Il a pris Pavel en tenaille entre ses jambes, l'a serré à la gorge avec ses grandes

mains et s'est mis à lui hurler des choses incompré-
hensibles et déchirantes, et Pavel avait fermé les
yeux et ne cherchait pas à échapper aux mains qui
l'étranglaient.

Puis Kyabine l'a lâché. Il est retourné dans le
coin de la tente, s'est allongé sur le côté à la même
place, et il n'a plus bougé ni sangloté. Pavel reprenait sa respiration. La lampe se balançait dans tous
les sens et les ombres à présent étaient irréelles.

La lampe s'est arrêtée de bouger et je me suis
souvenu du carnet. Je l'ai sorti de ma poche et l'ai
posé sur mes genoux. Il est tombé, je l'ai ramassé
et l'ai ouvert.

Mais fallait pas me la faire. Le gosse Evdokim ne
savait pas plus écrire que moi avec mes cinq lettres.
Quelques pages en étaient couvertes, de ces lettres,
bien alignées, mais aucune, je le voyais bien, ne
composait un mot.

Je tenais le crayon. Ça me brûlait de dessiner une
lettre, de m'y mettre. Mais je n'ai pas osé à ce
moment-là. J'ai remis le crayon dans le carnet, et le
carnet dans ma poche et je suis sorti de la tente.

Je voyais la forme des tentes. J'entendais qu'on
gémissait et devant moi le ciel était noir.

Que des pauvres lettres alignées il avait su écrire, le gosse Evdokim, alors je me suis mis à furieusement penser à ce qu'ils allaient devenir, l'étang et les chevaux morts, l'habileté de Sifra et tous ceux qui meurent et qui sont nos frères.

Je me tenais debout devant la tente, sur le versant de cette colline, face au ciel. Le carnet m'appuyait contre le ventre, et de nouveau ça m'a brûlé de m'y mettre, oui, mais déjà je devinais, j'avais déjà le pressentiment, avant même d'avoir commencé, que le ciel est sans fin et qu'il n'y a pas les mots.

Et je me pense maintenant que toutes ces années ont passé : où est-il à présent, Sifra, qui s'est occupé de lui, tant d'années ont passé et je demande où est Sifra et qui s'est occupé de lui, où est la poussière de ses os, et comment sont morts son père et sa mère, et où dans le vaste monde il y a un regard plus doux que celui de Sifra, et où sont Pavel et Kyabine à présent dans le vaste monde, et je tente aujourd'hui de me faire comprendre et j'ai tant de mal, alors je baisse la tête parce que je suis fatigué et qu'il n'y a nulle part où se cacher.

RÉALISATION : PAO ÉDITIONS DU SEUIL
IMPRESSION : S.N. FIRMIN-DIDOT AU MESNIL-SUR-L'ESTRÉE
DÉPÔT LÉGAL : MAI 2004. N° 63119 (67908)
IMPRIMÉ EN FRANCE

(cell) 816 - 7109 ⟩ Naomi
(M)   731 - 8704
M - Joëlle - 526 - 5941